보통 사람의

디디한
자서전

보통 사람의 디디한 자서전

발행일   2017년 12월 27일

지은이   임을
펴낸이   손 형 국
펴낸곳   (주)북랩
편집인   선일영   편집   권혁신, 오경진, 최예은, 오세은
디자인   이현수, 김민하, 한수희, 김윤주   제작   박기성, 황동현, 구성우
마케팅   김회란, 박진관, 김한결
출판등록   2004. 12. 1(제2012-000051호)
주소   서울시 금천구 가산디지털 1로 168, 우림라이온스밸리 B동 B113, 114호
홈페이지   www.book.co.kr
전화번호   (02)2026-5777   팩스   (02)2026-5747

ISBN   979-11-5987-919-7 03810 (종이책)   979-11-5987-920-3 05810 (전자책)

이 도서의 국립중앙도서관 출판예정도서목록(CIP)은 서지정보유통지원시스템 홈페이지(http://seoji.nl.go.kr)와
국가자료공동목록시스템(http://www.nl.go.kr/kolisnet)에서 이용하실 수 있습니다.
(CIP제어번호 : CIP2017034925)

(주)북랩 성공출판의 파트너

북랩 홈페이지와 패밀리 사이트에서 다양한 출판 솔루션을 만나 보세요!

홈페이지 book.co.kr • **블로그** blog.naver.com/essaybook • **원고모집** book@book.co.kr

보통 사람의

임을 에세이

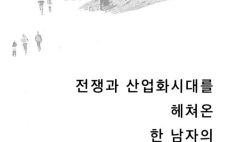

디디한
자서전

전쟁과 산업화시대를
헤쳐온
한 남자의
진솔한 비망록

북랩 book Lab

머리글

녹음 짙어가는 싱그러운 5월의 어느 날 오후, 자작나무처럼 곧고 잘생긴 돌감나무가 보초 서고 있는 골 얕은 '새삼골'에서 비탈진 밭두렁 따라 먹성 좋은 어미 소 풀 뜯는 모습 지켜가며 묏등 앞 잔디밭에 앉아 흘러가는 뭉게구름 바라보며 울적하고 허전한 내 마음을 맡긴다. 거기엔 갖가지 형상의 그림들 속에서 활짝 웃는 그녀의 모습이 보이더니 순식간에 사라져 버린다. 아무리 애타게 쳐다봐도 두 번 다시 나타나지를 않아 하릴없이 애꿎은 담배만 죽이고 앉았는데 밭 일 하시던 어머니가 "야야! 소는 이제 그만 먹여도 된다, 고마 거기서 한숨 자거라" 하신다. 그런데 느닷없이 집배원 아저씨가 전보 한 통을 들고 나를 찾는다. "거기가 '임을' 씨 맞는교?"

'취직, 급래부', 즉 취직자리 생겼으니 부산으로 빨리 오라는, 그녀가 보낸 전보였다. 거짓인 줄 뻔히 알면서도 친구의 전보라고 둘러대고는 서둘러 부산행 버스에 몸을 실었다. 하지만 양심의 불편함과 죄책감으로 인해 우울한 기분은 떨칠 수가 없었다. 큰형님의 심한 반대로 그녀와의 아픈 이별을 가슴에 묻은 채 가출한 지 3년 만에 여자 문제로 인해 백수가 되어 고향에 돌아왔을 때 동생들은 물론이려니와 동네 사람들 보기에 얼마나 면목 없고 창피하고 기죽었던가. 그런 나를 아무 일도 없었다는 듯 편안하게 품어주시던 어머님, 그 귀한 닭백숙을 고아서 동생 몰래 뒷문으로 갖다 주시며 "객지에서 고생이 많았제? 얼굴이 많이 그릇됐다" 하시며, 미안해하는 나에게 "야야! 우리는 종종 해 묵는다 아이가" 하시며, 뻔한 거짓말로 위안을 주시던 나의 어머님, 전보 한 통 받아 보고 뛸 듯이 달려가던 이 불효자식을 믿어 주신 걸까 아니면 속아주셨던 걸까. 이상, 옛 추억을 회상하면서 상념에 젖어봤다.

나이가 들면 추억을 먹고 산다더니 어느새 내 나이도 칠십 즈음 되고 나니 과거를 회상하는 시간이 잦아지는 것 같다. 그러나 현실에서의 기억력은 방금 전에 있었던 일도 돌아서면 잊어버리곤 한다. 즉, 세월을 속일 수 없다는 서글픈 현상들이 아닌가 싶다. 사실 평균수명이 늘어났다고는 하지만 많은 노인들이 의약에 의존하거나 또는 요양시설의 도움을 받아서 목숨만 근근이 이어갈 뿐 아무런 의미도 없는 삶을 영위하고 있는 모습을 자주 대하다 보니 왠지 남의 일 같지가 않다. 특히 중풍이나 치매에 걸려서 정신 줄을 놓게 될까 봐 그게 가장 두렵기도 하다.

아무튼 건강 더 잃기 전에, 그동안 틈틈이 준비해오던 자서전을 꼭 매듭지어야겠다는 생각을 다시 한 번 다짐을 한다. 그런데 그간에 문화센터라든가 도서관에서 실시하는 자서전이나 회고록 쓰는 강의를 두어 번에 걸쳐서 내 딴에는 열심히 듣긴 했는데 워낙 기초가 부실해서 그런지 도움이 된 듯 안 된 듯, 갈수록 글쓰기가 어렵게만 느껴진다. 그리고 더러는 늙어가면서 골치 아프게 자서전은 써서 뭘 할 거냐는 핀잔을 듣기도 한다. 그러나 자서전이나 회고록 따위가 유명인이나 특정인만의 전유물은 아닐진대 그냥 보통 사람들의 삶의 애환도 잠시 엿볼 수 있는 장이 되었으면 좋겠고 아울러 되돌릴 수만 있다면 돌려놓고 싶은 세월 돌아보면서 삶의 고백과 자아성찰로, 죽은 개 걷어차듯 약간의 위안이라도 얻어진다면 보람과 의미가 있으리라. 그리고 인간은 죽어도 흔적은 남기라는 말이 있거늘 비록 하잘것없는 작은 인생이지만 살다간 흔적이 되었으면 하는 바람이다.

차례

가출

먼저 1960년대 이야기부터 풀어가야겠다. 왜냐면 내 삶의 많은 부분을 결정지은 아주 중요한 시기이기 때문이다. 사실 우리 세대는 불우했던 과거를 감추려는 경향을 조금씩 갖고 있어서, 옛날에는 집에 금송아지가 몇 마리씩이나 있었다는 등 허풍을 떠는 경우가 더러 있었다. 그러나 그 진실 여부를 따지려 하지는 않는다. 그만큼 살기가 힘들었다는 반증이며 같은 시대를 살아온 우리 세대가 겪어야 했던 아픔이므로.

그러나 내 어렸을 적 가정 형편은 허풍이 아니라 실제로 그 시대 상황으로는 꽤 잘사는 편이었다. 특히 6·25 전쟁으로 인해 부산을 임시 수도로 했을 즈음에는 아버지께서 하시던 숯을 구워 내는 산판사업이 잘되었다. 그러다 보니 사업을 위한 것이었지만 도요타 트럭도 있었고 아버지께서는 종종 돈을 마대자루에 한 포대씩 가져와 세시기도 했다. 머슴 없이는 감당 못할 만큼 농토도 많았다. 300평에 달하는 대지(垈地)에 웬만한 집 기둥만 한 굵기의 튼실한 서까래에 기와를 얹은 본채와 아래채(내가 집을 나온 몇 해 후에 기와를 얹었다)를 가지고 있었다. 거기에 소 재우고 닭 재우는 변소 딸린 헛간채, 대밭이 둘러싼 뒷마당이 있었고 우물 옆에는 우리 집 식구 수를 보여주듯 넓은 장독대가 있었다. 감나무, 배나무, 대추나무, 담 넘어 복숭아나무 등 집에 심긴 과실나무도 많았다. 결론적으로 나는 꽤 괜찮은 집안에서 6남 3녀 중 여섯째로 태어났다.

그런데 내가 초등학교 3~4학년이던 무렵, 가정형편이 기울기 시작했던 것 같다. 원인이야 따질 일도 아니고 또 말해 주는 사람도 없었으니 잘은 모르겠으나 내가 기억하고 짐작할 수 있는 범위 안에서 대충 살펴보면, 1959년 사라호 태풍으로 인해 숯가마가 모두 내려앉았는데 그때부터 시작된 산판사업의 실패가 결정적인 원인이 아닌가 싶다. 어린 마음에도 부모님의 걱정하는 모습이 얼마나 안타까웠으면 글짓기 시간에 '태풍'이라는 주제로 산판에 관한 글을 써냈었다. 그 글로 반 전체에서 유일하게 선생님의 칭찬을 들었다. 운전수를 잘못 만나 사고와 고장이 잦아져 걱정하시던 아버지의 모습도 기억에 남아 있다. 그리고 아버님이 면의원에 출마하셨는데 낙선하시는 바람에 거기에 든 선거 비용도 만만찮았을 것으로 짐작된다. 큰형님은 고등학교 3학년 재학 중에 학도병으로 6·25 전쟁에 참전하셨는데, 학도병 대부분이 몰살당했던 어느 전투에서 유일하게 살아남은 2명 중 한 명이었다고 한다. 시체 더미에서 죽은 척 숨죽이고 있다가 탈영한 것이었다. 그 탓에 군기피자로 숨어 지낼 수밖에 없었는데 일이 터질 때마다 고리채 빚을 내어 무마하느라 꽤나 곤욕을 치렀다고도 했다. 이 얘기는 훗날에 작은 형님들에게서 들었던 말이다. 아마 그 당시는 탈영병이나 군기피자들을 아주 엄하게 다스렸던 모양이다.

이렇듯 짧은 시일에 고리채 빚쟁이의 빚 독촉에 시달리는 형편으로 가세가 기우는 바람에 내가 초등학교 졸업할 무렵에는 중학교 진학은 꿈도 못 꾸게 되었을 뿐더러 입 하나라도 덜기 위한 호구치책(糊口之策)으로 알루미늄으로 세숫대야 등을 만드는 그릇 공장에 취직하여 부모님 곁을 떠나야만 했다. 열다섯 촌놈이 부산 온천장의 큰형님 집에서 거제리 공장까지 먼 길을 걸어 다닌 적도 많았다. 전차표가 없을 땐 선택의 여지가 없었기 때문이다.

그때 전차길을 따라 걷다 보면 누렇게 벼가 익어 가는 모습에 고향이 한없이 그립기도 했다. 논에 고인 물 위에 떠 있던 유난히 잎이 넓은 식물이 신기하기도 했다. 흔해 빠진 연잎마저 촌놈의 눈에는 신기하게 보였던 것이다.

그 시기에 중요한 사람 한 명을 만나게 됐다. 그릇 공장 선배이자 그 공장에 나를 소개했던 김승우 씨다. 그는 둘째 형님이 전포동에서 왜간장 제조업을 할 때 동업자였던 먼 친척형님의 처남인데, 부산 토박이지만 매우 친근하고 다정해서 나이는 나보다 한살 위였지만 장난삼아 서로 '사돈총각'이라 부르며 친구가 된 사이였다. 행인지 불행인지는 알 수 없는 일이지만 내 인생 초반에 길잡이 역할을 했던 인연이다.

아무튼 그 그릇 공장은 얼마 못가서 문을 닫게 되었고 나는 그립던 부모님 곁으로 돌아오게 되었다. 그리고 얼마 지나지 않아 또 다시 큰 형수님께서 서면에 위치한 모 치과 병원에서 숙식을 제공받으며 치과기공 기술을 배울 수 있는 자리를 소개시켜주셨는데 면접을 보러 갔다가 퇴짜를 맞고 말았다. 그 이유를 직접 들은건 아니지만 못생긴 얼굴 탓이었던 것으로 기억한다. 내 어릴 적별명은 '초배기(대나무로 엮어 만든 도시락의 일종)'였다. 별명이 말해 주듯앞뒤짱구인데다 팍팍 밀어버린 백호 머리였다. 누가 모자라도 하나 씌워 보내줄 것이지….

그 바람에 대신 바로 위의 열이 형이 취직되어 떠나게 되었다. 나는 형이 떠난 빈자리를 채우기 시작했다. 처음엔 남의 힘도 빌렸지만 차차 집안일뿐만 아니라 남의 집 타작이며 홀쩡일(쟁기질) 등품팔이 일까지 꽤 많이 했었다. 특히 친구 만근이네 집 일을 많이했다. 만근이는 이발소에 취직되어 나갔고 그의 아버지는 강원도로 산판 일인지 탄광 일인지를 하러 가서 집 나가면 1~2년 만에 돌아오다 보니 그 집 일손이 부족했던 것이다. 쟁기질과 타작은 물론똥장군이에 똥을 퍼서 밭에 뿌리는 일도 내가 도맡아 했었다. 물론 어머님께서 품삯은 챙기셨겠지만. 남의 집 품팔이 일을 나가면쌀이 섞인 밥에다 맛있는 반찬까지 먹을 수 있었기 때문에 싫지는않았었다. 당시는 박정희가 보릿고개를 없애겠다는 일념으로 벌려놓은 저수지 공사로 인해 일거리가 많았다. 그 일도 열심히 해서살림에 보탰다.

스무 살이 됐을 때는 어린 나이에 동네 반장까지 맡아서 책임감있게 해내다 보니 이웃 어른들으로부터 더러 칭찬도 들었다. 어린나이라고 표현한 것은 그때만 해도 내 또래의 젊은이에게 반장을 맡긴 일이 처음이었기 때문이다. 당시는 비료가 매우 귀하던 시절이었다. 그런데 비료 배급을 주먹구구식으로 최소 단위를 반 포대씩 나누어 주다 보니 요소비료와는 달리 공급이 적게 나오는 인산비료의 경우 토지가 적은 사람은 배급을 한 줌도 못 받는 경우가 발생했고 그에 대한 불만이 많다는 걸 알게 됐다. 그래서 비료는 물론이려니와 비료값도 1/10까지 계산해서 정확하고 공평하게 배급했다. 토지의 많고 적음에 관계없이 나누어 주려던 내 마음을 아는 분들로부터 칭찬을 제법 들었다.

그 즈음 열이 형은 객지 생활을 하다 보니 못 배운 한이 크다며 중학과정 강의록 책을 4권 보내줬다. 너는 머리가 좋으니 공부를 해 보라며. 당시 농촌에서는 듣도 보도 못한 자료였다. 그 책이 계기가 되어 고등학교는 물론 대학까지 바라보며 향학의 꿈에 부풀어 주경야독 열심을 다했다. 사실 초등학교에 다닐 때는 숙제도 제대로 해 본 적이 없었던 나였는데 그 책을 공부할 때는 공부가 그렇게 재미있을 수가 없었다. 'ABC'가 '가나다라'보다 더 쉬웠고(물론 나이가 들어서였겠지만) '아이 엠 어 보이'라고 영어로 말할 수 있다는 게 마음 설레게 했다. 그러나 공책 한 권 사달라는 말을 할 수 없는 형편이었다. 그 때문에 수학 문제 풀이나 영어 알파벳 쓰기 연습조차 제대로 할 수 없었던 상황이었기에 공부하는 게 무척이나 힘들었다. 돌이켜 생각해 보면 우리 집 가정형편은 그때가 가장 어려웠던 것 같다. 8살 아래의 막내 여동생을 고등학교까지 공부시켰던 부모님이셨기에, 교육열이 부족해서 그런 내 상황을 나 몰라라 하신 건 아니라고 생각한다.

그 와중에 1학기 강의록 4권을 모두 외우다시피 했다. 2학기 강의록을 살 돈이 없었다. 벼르고 벼른 끝에 큰형님께 간절한 편지를 두세 번 보냈다. 그러나 믿었던 큰형님은 무언으로 거절을 표했고 나는 실망이 컸다. 그래서 고심 끝에 1학년 수료 검정 시험도 한 번 쳐볼 겸 해서 부산까지 편도 차비만 겨우 마련해서 열이 형에게 찾아갔다. 그러나 형은 "형님들 놔두고 왜 나를 귀찮게 하냐!"며 냉정하게 등을 돌렸다. 그 바람에 배고픔은 둘째치고 집으로 돌아갈 차비조차 없이 돌아서야만 했다. 그리고 검정고시 시험 날짜와 장소도 열이 형이 알려준 것이었기 때문에 잔뜩 기대를 했던 시험도 허탕을 쳤다. 필시 형에게는 그럴 만한 사정이 있었을 것이다. 그러나 그 일로 한동안 형을 외면했었던 나의 옹졸함이 부끄럽고 미안할 따름이다.

그렇게 갈 곳이 없어진 나는 둘째 형님 집은 몰랐고 큰형님 집에 가는 건 내키지 않아 서면에서 동래까지 걸어서 친구인 승우에게 찾아갔다. 그 친구는 그릇 공장을 그만둔 뒤 금 세공 기술을 배워서 동래시장의 모 금방에서 기사로 일하고 있었다. 그간 안부편지를 주고받았기에 소식은 알고 있었고 그에게 가는 것이 마음 편했다. 아무튼 그 친구 덕분에 허기도 채우고 차비까지 얻어서 집에 돌아갔지만 부모님께서 마음 아파하실까 봐 혼자 속앓이를 했다.

아무튼 공부를 계속하기엔 여러 가지로 어려운 점이 많았다. 오죽하면 아버님은 윗마을 배나무 집의 과수원 주인이자 조그만 암자의 주지이셨던 아버님 연배쯤 되는 돈 많은 스님에게 나를 양자로 보내서라도 대학까지 보내 보려고 애를 쓰셨다. 그런 아버님을 보면서 죄스런 마음이 들었지만 나는 은근히 기대를 했다. 그러나 아무런 결과도 이뤄내지는 못했다. 그렇지만 공부에 대한 미련만은 도저히 버릴 수가 없었다. 그래서 농번기가 끝난 겨울철이 되자 그동안 지지부진했던 공부를 바짝 열심히 해서 이듬해 있을 고등학교 입학 자격 검정고시 시험에 도전해 보기로 했다. 마침 나이는 나보다 아래였지만 그 당시 중학교 3학년이던 친구가 방학을 이용해 고등학교 입시공부를 준비하느라고 양산 통도사의 백연암이라는 암자에서 자취하고 있다는 걸 알게 됐다. 참고서며 중학교 3학년 교과서를 언제든지 빌려 볼 수 있을 뿐만 아니라 공부에 전념할 수 있는 딱 좋은 기회다 싶어서 어렵게 아버님의 허락을 받아냈다. 그러나 당장 공책 등 필기구가 필요했다. 어머님께 말씀드렸더니 신평 장에 나를 앞세우고 가시더니 정구지 베어다 판 돈으로 달랑 마분지 두 장을 사 주셨다. 그 순간 아무 말도 못하고 돌아섰지만 쏟아지는 눈물을 주체할 수가 없었다. 암자에 있는 친구에게 들키지 않으려고 계곡의 구석진 장소에 앉아서 물인지 눈물인지를 씻고 또 씻으며 '그래, 내 처지에 공부는 무슨, 차라리 친구 승우에게 취직을 부탁해서 빨리 기술이나 배워야겠다'는 결심을 했다. 그때 무엇이 그토록 서러웠는지, 그때 흘린 눈물이 내 일생을 통틀어서 흘린 눈물보다 많지 않을까 싶다. 그러나 부모가 돼 봐야 부모 마음을 안다고, 사실 그때도 마음 한구석 미안한 마음도 없지는 않았지만 어머니의 마음이 아플 거라는 생각은 못했었다.

아무튼 그 시절 쌀 한말이면 무밥이나 시레기밥으로 늘려 먹으면 우리 식구 모두가 한 달 이상 먹을 수 있는 양식(糧食)이었다. 그런데 그걸 나 혼자 먹을 한 달 치 양식으로 내어주셨다. 거기에 노트 등 필기구까지 갖춰 주자니 다가올 춘궁기(春窮期) 걱정이 앞서서 자식에게 못할 짓을 했다는 자책감으로 피 눈물을 삼키셨을 어머니를 떠올리면 가슴이 아프다. 얼마나 마음이 아프셨을지, 아리셨을지….

아무튼 야심과 욕망이 많으셨던 아버님과는 달리 매우 현실적이셨던 어머님으로선 대놓고 반대는 안 하셨지만, 동생들은 커 가고 지을 농사는 뻔한데 확실한 보장도 없는 공부를 시켜 봐야 미래가 없다고 생각하셨으리라. 그도 그럴 것이 둘째 형님도 정규 중학 과정을 거쳤지만 군 제대 후 부산 부전동, 속칭 300번지 부근에서 왜간장 공장을 하다가 돈만 날리고 말았다. 그 일로 어머님은 아버님 눈치 살피시랴, 아마 무척 속이 상하셨을 것이다. 셋째 형님은 그 당시엔 최고로 입학하기 어렵다던 부산상고까지 공부시켰으나 취직은커녕 닭을 길러보겠다며 병아리 부화기 기계를 사다가 밤잠 설쳐 가며 애를 썼다. 결국은 손해만 보고 군에 입대해 버렸지만. 그러니 그까짓 강의록이 뭔지는 몰라도 집에서 그렇게 공부해 봐야 괜히 어중잡이만 만들 거라는 생각이 왜 안 들었겠나 싶다. 그리고 어머님에겐 확실한 신념이 있었던 것 같다. 그러니까, 공부시키는 데는 더 이상 돈을 쓰지 않고 취직시키는 데는 돈을 아끼지 않겠다는 생각을 하셨을 것이다. 아이까지 딸린 가장이 일정한 직업도 없이 일용직을 전전하며 어렵게 생활하던 둘째 형님과 군에서 제대한 셋째 형님 과외 공부를 시키시는 걸로 봐서 그렇다는 것이다. 당시 우리사회의 기현상 중 하나가 공무원시험이 부정이 많았다는 것이다. 대개가 수차례씩 사법 및 행정고시에 낙방한 실력자들이거나 또는 전문 브로커 들에 의한 소위 비밀과외가 횡행했었다. 과외비는 월급 타서 갚는다고 들었다. 과외비는 차치하더라도 둘씩이나 시키려면 그에 따르는 부차적 지출만도 만만찮았을 것이다. 하지만 매우 현실적인 판단을 하셨던 셈이다.

정구지 사건 이후로 금 세공 기술자로 일하고 있는 친구 승우에게 취직 부탁 편지를 보내기 시작했다. 그러나 불과 한 달간 있었던 백연암에서의 일들은 소중한 추억으로 간직하고 있다. 이를테면, 주지스님께서 잠든 깊은 밤에 법당 맞은편 곳간에 숨어들어 잘 익은 홍시를 훔쳐 먹었던 일, 처마 밑에 매달아 놓은 메주덩이를 훔쳐 먹고 배탈이 나서 밤중에 화장실에 가다가 달빛 으스스한 마당에 드리워진 우리들의 그림자에 놀라서 혼비백산했던 일, 가끔씩 산 정상에 올라가 바위에 이름을 새기고 원 없이 고함을 질러댔던 일, 땔감용 갈비를 긁으러 온 처녀들에게 도와줍네 하고 수작을 부리면서 히히거리며 놀았던 일 등이다. 우리는 공부방을 공짜로 제공해주신 고마운 주지스님을 돈만 밝히는 못된 스님이라며 흉을 보았다. 그도 그럴 것이, 신성한 암자에서 소를 몇 마리씩이나 기르는 분이셨다. 그러다 보니 송아지가 법당 앞마당에 똥을 싸 놓기는 예사였다. 통도사 큰절에서 감찰을 나왔을 때는 나이가 한참 아래였던 감찰스님에게 그렇게나 조아리던 분이 우리들에게는 매사에 어찌나 군림하려 하던지, 툭하면 자취하는 부엌까지 와서 김치와 된장찌개 등 비린내 나는 음식은 먹지 말라며 심하게 간섭했다. 우리들이야 간섭 자체가 거슬릴 따름이었지 별로 지적당할 일은 없었지만 옆방에서 고시 공부하던, 성씨(姓氏)가 허씨(許氏)였던 부산 양반은 영양보충을 한답시고 닷새마다 열리는 신평장에 다녀왔다. 점심을 무얼 사 먹고 오는지도 궁금했지만, 스님이 잠든 늦은 밤이면 어김없이 풍기는 쇠고깃국 냄새로 인해 우리는 더욱 배가 고팠다. 아무튼 한 달 동안이지만 팔자에도 없는 호강을 했다. 그러나 암자에서 내려온 이후에도 결코 책을 놓지는 못했다. 아마 공부에 대한 미련을 완전히 지우지는 못했던 것 같다.

그 당시 우리 농촌의 사정을 잠시 살펴보자면, 농한기인 겨울철만 되면 멀쩡한 장골들이 하는 일도 없이 도박이나 일삼던 상황이었다. 특히 우리 마을은 더욱 심해서 도박으로 가산을 탕진하는 이들의 자살 소동까지 벌어지기도 했었다. 그랬던 농촌이 박정희라는 한 영웅의 등장으로 빠르게 변모해가고 있었다. 지도자 한 사람이 바뀜으로 인해 그렇게 많은 것이 달라질 수 있다는 것을 그 시대를 살아온 농촌 사람이라면 누구나 다 체험했을 것이다. 어떤 이들은 박정희 대통령이 독재자라며 나쁘게만 폄하하려고 하지만 진정한 애국자의 논리는 아니라고 생각한다. 기득권을 조금이라도 더 누리거나 지키려는 지식인들과(나는 그 당시 일부 운동권 대학생들도 기득권자라고 생각한다) 특히 정치인들의 이기적이고 추잡스런 말장난으로 보일 뿐이고 나아가 역사적 오류를 범하는 것이라고 생각한다. 왜 잘한 것을 잘했다고 말하지 못하는가.

아무튼 강압에 의한 변화가 아니었다. 잘살아 보자는 새 희망과 그 활기로 빠르게 변화해 가고 있었다. 특히 기반시설이 갖추어진 도시는 한창 산업화로 발전해 가면서 일자리가 늘어나다 보니 농촌의 처녀 총각들이 도시로 많이 진출하였다. 그 여파로 단봇짐 가출이 유행처럼 번져 사회적 문제가 될 정도였다. 물론 우리 마을도 예외가 아니어서, 유난히 종족번식의 본능이 강하고 뽐내기 좋아하던, 또래들 사이에서 알 만한 사람은 다 알던, 한 바람둥이 처녀도 서울로 가출했다. 한동안 친척집에서 식모살이 하다가 왔다더니 또 얼마 지나지 않아 바람 든 젊은 피의 난을 이기지 못해서 집을 나가 버렸다. '무너진 사랑탑'이란 노래가 18번이었던 열이 형 친구였던 형은 가수를 꿈꾸며 서울로 가출했다가 얼마 못 버티고 돌아왔다.

농촌 곳곳에서 바람이 든 청춘남녀들이 홍역을 치르고 있을 무렵, 그러니까 1966년 초여름, 드디어 그렇게나 기다리던 취직자리가 생겼다는 연락을 받게 되었다. 하필 한창 바쁜 모심기 철이라 난감했지만 그렇다고 어렵게 얻은 기회를 놓칠 수가 없었다. 고심 끝에 책상 위에 글 몇 자 남겨 놓고 몰래 도망치다시피 부모님 슬하를 떠났다. 그런데 차비와 갈음옷 등 준비된 게 하나도 없었다. 그때 의남매 맺은 사이로 지내던 모 양의 도움을 많이 받았다. 그 고마움을 아직도 잊지 않고 있다.

그러나 이웃집 품앗이 모를 심으러 갔던 아들이 갑자기 사라져 버렸으니 대천댁 아들이 집을 나갔다는 소문이 자자했던 모양이다. 어느 부모나 마찬가지겠지만 부모님 보기엔 착하기만 하던 자식이 이유야 어떻든 얌전한 고양이 부뚜막에 먼저 오른 꼴이 되어 버렸으니 자식 자랑 남다르시던 우리 부모님 심정이 어떠했을까. 걱정하는 마음은 오죽하셨을까. 생각하면 마음 아픈 일이다. 변명 같지만 그 당시의 나는 효도하겠다는 마음이었다. 단지 부모님 몰래 집을 나왔다는 것이 마음에 걸릴 뿐 앞에서도 말했듯이 내 의지와는 상관없이 두어 번의 객지 생활을 강요받기도 했고 우리 집의 형편 또한 그럴 수밖에 없음을 알았기 때문이다. 내가 집을 나가지 않았다면 뭘 했을까에 대해서 그리 심각하게 생각한 적은 없었지만, 내 나이 스무 살 무렵에는 최말단 면 서기조차도 중학교 이상의 학력제한이 있을 때였으니까 공무원은 될 수가 없었을 것이고 천생 농사꾼밖에는 그림이 나오지 않는다. 다만 한 가지 분명한 것은 두 살 터울의 동생 아니면 나, 둘 중 한 사람은 객지로 나갈 수밖에 없는 운명이었다.

아무튼 돈 안 되는 밭뙈기야 좀 남았지만 그 많던 논도 거의 다 팔아 치우고 수만 평은 될 듯했던 산(山)도 쌀 한 가마니에 넘겨 버리고 못내 아쉬워하는 모습도 지켜보았다. 얼마 안 남은 논으로 한 해 벼농사 지어봤자 고리채 이자와 장리쌀 갚고 나면 또 다시 반복되는 쪼들림에 어머님은 자식들 안 굶기려고 당신은 속이 안 좋으시다며 수저를 놓곤 하셨다. 자식들 기죽을까 봐 하신 말씀이겠지만, 너른 밭곡 긁어모아도 반이라며 쪼들리는 살림살이 내색 않고 몸 고생 마음고생 혼자서 짊어지고 고된 삶을 이어가는 어머님을 지켜보며 타의가 아닌 내 스스로 슬하를 떠나야겠다는 철든 생각을 했다. 그렇게 내 운명인지 몰라도 결국 삼세 번 만에 영원한 객지생활 신세가 되었던 것이다. 하지만 격려나 배웅해 주는 이 하나 없이 부모님 슬하를 몰래 떠나던 내 심정도 편치만은 않았다. 사치스런 말로 꿈 많은 시절에 저질러 보는 젊은이의 일탈이나 공부를 못하게 된 불만으로 인한 반항심에서 저지른 행동이 아니었다. 오직 생존을 위해 생활전선으로 뛰어든 착하디착한 행위이었거늘, 어찌해서 죄 짓는 듯 미안하고 남세스럽고 잘못될까 두렵던 기억밖에 없는지 모르겠다. 내가 너무 착했던 게 억울한 마음이 들 때도 있었다. 또래의 친구들은 다 하는 걸 나는 못했었고, 그들이 안 하는 걸 나는 다 했었다. 그중에서도 어머님을 따라 언양 장까지 바지게에 한 짐 짊어지고 감 팔러 가는 일은 정말 싫었다. 왜냐면, 초등학교 5학년 때 짝꿍이자 친했던 순욱이라는 친구의 동네를 거쳐서 가야 했기 때문이다. 중학교에 진학 못한 것도 자존심 상했는데 그런 꼴을 보이기가 너무나 싫었기 때문이다. 나이가 아버지뻘 되는 사촌 형님과 함께 아침 일찍 길을 나서서 저녁 늦게야 돌아올 만큼 먼 경상북도 산내면의 산기슭에 자리 잡은 화전민 마을까지 바지게 짊어지고 씨감자 사러 갔던 일도 그랬다. 그런 일들은 내 또래의 친구들에게는 시키지도 않았을 뿐만 아니라 시켜도 절대 하지 않을 일이었다. 왜냐면 얼굴에 솜털도 채 가시기 전의 소년이 하기에는 너무 힘든 일이었기 때문이다.

나는 비용을 들여 놀러 가는 건 꿈도 꾸지 못했고 일을 해야 하는 낮 시간에는 친구들과 거의 어울려 보지 못했다. 그 당시만 해도 가끔 남녀 친구들끼리 어울려 유흥지로 놀러 갈 때가 적어도 일 년에 한두 번은 있었지만 나는 언제나 빠져야만 했다. 특히 4H 클럽 친구들이 1박 2일 문수산에 캠핑을 간다고 했을 때는 얼마나 가고 싶었는지. 못 가는 내 상황이 도리어 부끄러웠다. 그러나 언제나 그러하듯 반항 한 번 없이 너무나 말을 잘 들었다. 그리고 그 당시 친구들은 부모님 몰래 쌀을 훔쳐서 주로 용돈 마련을 했었다. 물론 쌀이 있는 가을과 겨울철에나 가능한 일이었지만. 그러나 나는 한 번도 그런 짓을 하지 않았다. 나는 어머님이 시키는 일에 핑계를 대거나 거역한 적이 없었다. 지금도 그 품성이 남아 있어서 아내가 시키는 일도 웬만해서는 거절하지 않는 편이다. 다만 아내는 험한 일은 잘 시키지 않는다. 내가 게을러서 스스로 일을 찾아 하지도 않고 있긴 하다.

아무튼 나는 철부지 때부터 식사 중이라도 방귀가 마려우면 누가 시키지도 않았는데 남한테 피해 줄까 봐 슬그머니 밖에 나가서 뀌고 들어왔던 그런 아이였다. 아마 태생적으로 착하게 만들어진 아이가 아니었나 싶기도 하지만, 또 한편 생각하면 사람은 누구나 착한 사람을 좋아하니까 착한 척을 했는지도 모르겠다. 그러니까 내가 너무 착해서 억울하다는 생각 그 자체가 그렇다는 것이다.

나도 한 번쯤 어머님에게 말썽도 부려 보고 반항도 해 보고 속상하게 했었더라면, 그래서 늘 용서를 비는 마음이었더라면 더 좋을 것 같다는 생각이 들 때도 있었다.

생각하면 세상은 참 불공평하다 싶다. 왜냐면 공부 못한 것도 억울하고 서러운데 힘든 농사일도 학교 다니는 친구들은 거의 안 했으니까 말이다. 그 부분은 같은 환경의 형제들도 마찬가지였다. 그래서 열이 형은 그 부분에 대하여 불만이 많았다. 그런데 내 딴에는 좋게 생각하자며 한 말이, 동의하거나 맞장구 쳐 주지 않고 항상 그렇지 않다고 부정만 했다. 그것이 저 세상 먼저 가버린 형을 생각할 때마다 참 마음이 아프다. 사실 열이 형은 부모님 혜택은 가장 적게 받았지만 효자였던 데다 나와 여동생, 부모님에게 경제적 도움을 많이 베푼 형이었다.

내가 가출할 당시 친구 승우 씨는 변두리 기사에서 벗어나 범일동에서 일하고 있었다. 당시 범일동은 남포동과 견줄 정도로 금방도 많이 몰려 있고 수준도 높았다. 그리고 내가 기술을 배우게 될 금방도 범일동에 있었다. 그러나 곧바로 찾아가지 않고 온천장에서 하차했다. 치과 병원에서 퇴짜 맞았던 기억 때문에 금방이 아닌 다른 곳에라도 취직자리를 마련해 놓고 가야겠다는 생각이 든 것이었다. 온천장에서 내려 도로변을 따라 먼 길을 걸어서 철공소, 인쇄소, 석공소 등 샅샅이 보이는 대로 들어가 일자리를 구걸한 끝에 겨우 석공소 한 곳에 취직자리를 마련해 놓고 늦은 오후쯤에야 양정동 큰형님 집으로 갔다. 그 당시 온천장에서 거제리까지 도로변에는 철공소, 석공소, 인쇄소가 아마 요즘의 노래방이나 휴대폰 가게만큼이나 많았었지 싶다.

아무튼 걱정과는 달리 먹여 주고 재워 주고 기술도 배울 수 있는 취직자리 면접에 무사히 통과되어 드디어 그렇게나 바라던 바를 이루게 되었다. 그러나 불과 5개월여 만에 그만두고 말았다. 온갖 잡심부름과 길 건너 우물 물을 길어다 진열장 유리 닦고 가게 청소하는 일이 내가 하는 일의 전부였고 기술은 언제 배울지 막연하기만 했기 때문이다. 그도 그럴 것이, 어릴 때부터 시작해서 빨라도 3~4년은 걸려야 겨우 변두리 기술자로 진출할 수 있다는 업계 나름의 불문율이 있었던 것이다. 그렇지만 21세의 적지 않은 나이에 그러고 있기에는 시간이 너무나 아까웠기 때문에 그만두었다. 하지만 기술 배우기를 포기한 것은 아니었다. 내가 자주 심부름을 다니던 백금 공장의 아버님 연배쯤 되는 사장님이셨던 우 영감님께서 나를 많이 귀여워해 주셨는데, 평소 내 입장을 헤아리시어 한 달에 쌀 한 말씩 주면 곧바로 기술을 배울 수 있는 금방을 소개해 주겠다고 하셨다. 그러나 오해를 받을 수가 있으니 일단 고향에 가 있으면 연락주겠다는 약속을 받고 고향에 돌아갔다. 부모님께 전후 사정을 말씀드렸더니 걱정했던 것과는 달리 아버님이 몸소 밤, 고구마 등을 싸들고 가서 우 영감님께 고맙다는 인사까지 하셨다. 나중에 안 사실이지만 내가 마을 반장을 했다는 자랑도 하셨던 모양이다.

아무튼 조방 앞에 위치한 모 금방에 쌀 한 말을 갖다 주고 불과 2개월여 만에 동래시장 근처의 모 금방에 숙식이 제공되고 약간의 용돈을 받을 수 있는 자리에 취직했다. 기술을 빨리 익힐 수 있는 좋은 조건의 취직자리를 우 영감님께서 소개시켜 주신 것이었다. 그런데 일은 그리 쉽지 않았다. 우 영감님께서 나에 대해 과대 평가를 하신 것인지, 아무나 해볼 수 있는 일인데 내가 디디해서 못한 탓인지 모르겠다. 그 길이 곧 고생문이 될 줄이야…

사실 한 달에 쌀을 한 말씩 주기로 했었지만 두 달여 동안을 한 말로 때우다 보니 역시나 낮에는 기술을 익힐 기회가 주어지지 않았다. 그나마 밤에는 은(銀)으로 망치질과 조각 따는 것을 연습할 기회가 주어졌지만 누구에게 배우는 것이 아니라 혼자서 익힌 것이었다. 불과 2개월이라는 짧은 기간 동안 익힌 기술로는 기초가 턱없이 부족했다. 심지어 조각정(彫刻鋥)도 갈 줄 몰라서 우 영감님이 직접 챙겨 주셨다. 경험이 없다 보니 속을 비게 만들어야 하는 비녀나 목걸이는 망치질을 할 때도 두께를 고르게 벼르지 못해서 조각을 딸 때 얇은 부분에 구멍이 나 버리기 일쑤였다. 중량을 정확히 맞추지 못해 고생해서 만들었다가도 다시 부수는 일도 많았다. 아침 일찍 시작해서 다음날 새벽 4~5시까지 일하다 보니 허리가 저리고 코피가 터졌다. 공부를 그렇게 열심히 했다면 고시 합격도 이뤄 냈겠다 싶다.

아무튼 일 년여를 지나고 나니 기술이 좀 늘었다고 생각하셨는지, 또 다시 우 영감님께서는 일자리를 소개시켜 주셨다. 이젠 세공공장의 돗자리골방에서 잠을 자야 하는 경비원 겸 꼬마 대우에서 벗어나 어엿하게 출퇴근하는 월급쟁이가 되어 서면에 있는 모 금방에 취직하게 되었다. 그런데 한 달도 못 버티고 쫓겨나고 말았다. 한 냥짜리 행운의 열쇠 사건 때문이었다. 사실은 그때까지 순금으로 만든 선물용 행운의 열쇠는 만들어보기는커녕 구경조차 해 본 일이 없었었다. 그래서 곰곰이 생각해 보니, 명색이 행운의 열쇠라면 아무래도 곳간 열쇠가 가장 제격일 것 같았다. 그래서 견본을 연상해서 종이에 그려 놓고 제법 그럴듯하게 만들어냈다. 하지만 순금으로 만든 선물용 행운의 열쇠가 어떻게 생겼는지 아는 사람이라면 내가 무슨 짓을 했는지 아마 짐작이 갈 것이다.

금방 사장님으로선 얼마나 황당했을까 싶다. 나를 소개했던 우 영감님 입장은 또 얼마나 난처했을지. 세월이 흐르고 보니 킥킥 웃음이 새어 나오는 추억이 되었지만 당시에는 그 창피함을 꿈속에서도 떠오르기 싫었다.

그럼 말 나온 김에 촌놈이 기술을 배우면서 겪었던 이런저런 에피소드를 몇 가지만 더 소개할까 한다.

그 당시 범일동의 금방들이 쭉 들어선 뒷골목은 매춘부들이 호객행위를 하던, 일명 마차 골목이었다. 줄 공장에 심부름을 다녔던 나는 그 길이 지름길이라 하루에도 몇 차례씩 지나갈 수밖에 없었는데, 짙은 화장을 한 반라의 여인들이 교태를 부려 가며 잘해 준다고 잡아 끌 때면 가슴이 뛰었다. 줄 공장 심부름을 갔다가 벌어졌던 큰 싸움도 잊을 수 없다. 나는 목걸이 줄감으로 순금 3돈을 맡겼는데 줄 공장 사람은 받은 적이 없다고 잡아떼는 것이 아닌가. 그 바람에 몽땅 내가 물어내야 할 형편에 처하고 보니 아무리 촌놈이지만 얼토당토않은 그런 억울한 일에 그냥 물러설 수가 있겠는가. 결국 말싸움이 몸싸움이 되어 버렸다. 그런데 공장 사장이자 기술자인 두 형제와 종업원까지, 세 사람이 집단으로 덤벼들었다. 그 와중에 누군가의 이단 옆차기 한방에 나는 갈비뼈에 심한 통증을 느끼고는, 갈비뼈가 부러졌다고 엄살을 부렸다. 그제야 싸움이 중단되었다. 그리고 가게로 돌아오니 집단폭행이란 죄목으로 고소를 하라고 주위에서 부추겼다. 결국 시청에 다니시던 큰형님께 연락했더니 형님께서 입원비와 치료비를 받고 합의해 줬다. 그때 열이 형을 비롯해 둘째형님과 셋째형님까지 나서서 그놈들을 혼내 주겠다며 흥분하는 것을 보면서 형제가 많은 것이 얼마나 큰 위안과 울타리가 되는지를 절실히 느꼈다. 나중에 들은 바로는 줄 공장 형제들은 금방 골목 일대에서는 아무도 겨루지 못하는 당수 유단자였다. 그런데 그들을 상대로 내가 제법 싸움을 잘하더라는 소문이 났다는 걸 금방 기술자로부터 훗날 전해 들었다. 그게 상당한 위로가 되기도 했다. 그때 받아낸 입원비와 치료비는 내 용돈이 되었다.

X-레이 사진을 찍은 결과는 의외였다. 큰 부상은 아니었지만 공교롭게도 늑막염 앓았던 흔적이 남아 있다는 새로운 사실을 알게 된 것이다. 워낙 사고뭉치에다 여러 형제 속에서 천덕꾸러기로 자라왔고 또 여간해서는 아픈 내색을 않는 성품이다 보니 나도 모르는 사이에 자연 치유가 되었던 모양이다. 그러나 가만 생각을 더듬어 보면 지난날 저수지 공사장에 일하러 다닐 때 고열과 몸살을 심하게 앓았던 기억이 있다. 그때는 힘에 부치게 욕심을 너무 부려서 무리하게 돈내기 일을 하다 보니 몸살이 났거니 생각했는데, 아마 그때 앓았던 게 늑막염이 아니었나 싶기도 하다. 아무튼 싸운 것치고는 아프기보다 행복했던 기억으로 남아 있다.

쌀 한 말을 주고 기술 배우던 조방 앞 금방에서의 두 달은 추운 한겨울이라 정말 고생이 심했다. 내가 잠자던 다다미방은 금방 건물 뒤편에 임시방편으로 달아낸 곳이라 온돌도 없었을뿐더러 방이라고 하기엔 너무나 허술해서 바람이 조금만 불어도 덜컹거리고 황소바람이 들어오는 냉골이다 보니 잠자리에 들기 전에 머리를 감고 자면 머리칼이 뻣뻣하게 얼어붙을 때도 있었다. 그래서 가게에서 석탄 난로를 피워 놓고 시간을 때우곤 했는데 그걸 눈치 챈 사장님에게 야단을 맞고는 내의는 물론이려니와 단벌옷에 지린내 절은 담요 이불 하나로 버틸 수밖에 없었다. 그런데 그 당시에는 너나 할 것 없이 많은 사람들이 그렇게들 겨울을 났다. 그래도 요즘과 달리 감기환자는 거의 볼 수 없었다. 사람이 약해진 건지 감기가 강해진 건지.

이제는 다 추억이 되었지만 가출했던 한 청춘으로서 홀로서기를 위한 탈피의 고통을 무척이나 심하게 치렀다. 그러나 그 결과는 또 한 번의 가출로 이어졌다.

두 번째
가출

1968년 기어코 제주행 여객선에 몸을 실었다. 태어나서 처음으로 타 보는 3등석 객실은 마치 화물 짐칸처럼 사람들과 그들의 수화물로 인해 발 디딜 틈 없는 난장판이었지만 은근슬쩍 남의 눈을 의식하며 여자 분들이 자리 잡고 있는 구석자리에 가서 가방으로 내 자리임을 찜해 놨다. 그리고 갑판으로 올라가 앞으로 다가올 일을 걱정하며 망망대해를 바라보고 시간의 흐름도 잊은 채 온갖 상념에 잠겼다. 어느새 그믐인 탓인지 구름 탓인지 춥지도 덥지도 않은 초여름의 밤바다는 온통 암흑으로 변해 앞도 보이지 않았다. 그러나 낡은 여객선은 울렁울렁, 잘도 헤엄쳐 가고 있었다. 울렁울렁, 내 속까지 울렁거려 급기야 먹은 것도 없는 텅 빈 창자 속 똥물까지 토해 내고 나서야 찜해 놓은 자리로 돌아왔다. 무질서했던 난장판이 딱 필요한 만큼 정리정돈이 되어 있었다. 사람들과 부대껴야 하는 그 자리가 싫지 않았다. 멀미로 인해 요기조차 못해 뱃

속은 비어 있었어도 천태만상의 군상들로 하여금 눈요깃거리는 충분했다. 마치 부부임을 광고라도 하는 듯 꽉 껴안고 잠을 청하는 남과 여, 어떤 이는 몸부림치는 척 남남인 게 분명한 여자 꽁무니에 바짝 붙어 똥구녕으로 숨을 쉬는 듯했다. 피로에 지쳐 헛소리까지 해 가며 꿈나라를 헤매는 이들, 그 와중에도 술판을 벌려 놓고 자기주장을 열심히 토해 내는 이들도 있었다.

가출할 당시 여객선 상에서의 기억을 잠시 회상해 봤다. 사람 사는 일이 지나간 것에는 모두가 그리워지고 또한 추억으로 남는가 보다. 세월 지나고 보니 힘들었던 시련의 시간들도 이제는 다 좋은 추억이 되어 있다.

그나저나 가출이라는 단어는 불량 청소년들의 탈선이나 비행쯤으로 치부되어 예나 지금이나 별로 곱지 않은 시선으로 남의 입에 오르내리기 마련인데, 나는 두 번이나 가출을 하였으니 부모님의 속을 퍽이나 아프게 했던 셈이다. 그러나 첫 번째 가출은 부모님 슬하를 벗어나 탈피하기 위한 가출이었다면, 부산에서 제주도로 떠나는 두 번째 가출은 홀로서기를 위한 앙탈이었다고 스스로 위안한다. 결코 호기심으로 저지른 일탈행위가 아니었고 부모님을 원망하는 마음은 추호도 없었을 뿐더러 나는 나대로 힘들었다. 그리고 모든 행동에는 다 이유가 있다. 특히 두 번째 가출할 때의 내 처지와 절박함을 표현하자면, '하늘은 우뢰주뢰하고 개미 한 마리 없고, 겉이 타도 모르는데 속이야 숯이 된들 어느 님이 알아주랴.'

두 번째 가출의 원인은 그놈의 행운의 열쇠 사건이었다. 금방에서 쫓겨난 후로는 금 세공 일에 자신이 없어졌다. 취직자리도 생길 가망이 없었다. 그렇다고 누구와 의논할 상대도 없고 혼자서 외로이 고심한 끝에 내린 선택이 전포동에 위치한 신진자동차 운전학원에 등록해서 운전을 배우는 것이었다. 무엇보다도 빠른 시일 안에 돈을 벌 수 있을 것으로 여겼기 때문이다. 그러나 큰형님이 그 사실을 알고 당장 시골로 내려가라는 불호령을 내렸다. 그 서슬을 견뎌 낼 수가 없었다. 왜 그토록 심하게 반대를 했는지 알 수 없지만 지나고 보니 내 한쪽 눈이 실명인 점을 감안하면 택시 운전을 못하게 된 것은 다행스럽게 생각해야 할 대목인 것 같다. 아무튼 그 당시만 해도 14살 위인 큰형님과는 나이 차이도 있거니와 워낙 냉정한 분이라 그리 편한 관계는 아니었다. 그러나 사람은 사후(死後)에 진가를 안다는 말이 있듯이 이젠 저 세상 가신 지도 수년이 흘렀지만 9남매 맏이였던 큰형님의 빈자리가 크게 느껴진다. 그리고 어머님 초상 때 쓰고 남은 부조금으로 강도를 당해서 어려움에 처한 동생을 도와주자며, 내가 황제보석 금방 개업할 때 새마을금고에서 융자받은 1천만 원 빚을 나도 모르는 새 갚아 주셨다. 그 선의는 내가 평생을 지고 가야 할 마음의 짐인데 어째서 형님까지 안고 가시도록 했어야 하는지, 생각할수록 참 씁쓸하다. 그리고 형제간에 절대로 있어서는 안 될 불미스런 일에 편이 되어서 본의 아니게 형님의 마음을 무척이나 상하게 했던 부분은 두고두고 후회가 될 것 같다. 절대로 초심을 잃지 않았어야 했는데, 진정 초심이 내 진심인 것을….

그때는 큰형님이 아버지보다 더 무섭고 어려웠다. 힘든 속내를 의논하기는커녕 말도 한 번 못 붙일 만큼 차갑고 냉정한 분이었다. 그래서 할 수 없이 둘째 형님 집에서 묵으며 운전학원을 다녔다. 그러던 어느 날 잠결에 듣지 않았어야 될 말을 듣고 말았다. 그때 나는 한 달도 못 채운 적은 액수의 월급이었지만 첫 월급을 당연하게 큰형수님께 거의 다 드리고 용돈을 타 쓰고 있었다. 하숙비 개념이 아니라 그 당시에는 당연히 그래야 하는 줄 알았다. 그랬던 처지의 물정 없는 동생이, 자가(自家)이기도 할 뿐더러 빈방이 남아도는 큰형님 집을 놔두고 비좁은 셋방살이에 빈대 붙어 있으니 아마 형수님 보기가 미안해서 했던 말이었지 결코 나 들으라고 한 말은 아니란 걸 지금이야 이해하지만, 당시로서는 나 자신이 그렇게 비참할 수가 없었다. 미안해할까 봐 마려운 오줌도 참아야 했다.

아무튼 그때 내 처지에 당장 고향으로 돌아가고 싶은 마음이 없었겠냐만 객지 생활을 이겨내지 못하고 패배자가 되어서 돌아가기엔 고향 사람들이나 동생들 보기에도 체면이 아니었고 무엇보다 어머님이 눈에 밟혔다. 이래저래 고향으로 도로 돌아간다는 건 도저히 자존심이 허락하지 않았다. 그동안 고생도 할 만큼 했고 무던히 노력도 했건만 보람도 없이 또 다시 시련의 단봇짐을 싸게 되었던 것이다. 사실 첫 번째 가출을 할 때는 그나마 오라는 데가 있었으니까 비록 군대 가는 자식에게 그렇듯 안 보일 때까지 손 흔들어 주며 배웅해 주는 부러움이야 못 누렸을지언정 죽을 각오까지 할 만큼 처참하지는 않았다.

그 당시 제주도까지 가는 뱃삯이 600원인 걸로 기억한다. 참고로 내 기억이 맞는다면, 일반 서민들은 쳐다볼 수 없었던 갈비탕 한 그릇 값이 300원이었던 걸로 기억한다. 그러니까, 곰탕이나 갈비탕의 값이 뱃삯에 비하면 엄청 비쌌던 셈이다.

확실한 액수는 기억나지 않지만 뱃삯을 제하고 남는 돈으로 하루를 지내고 나니 거의 빈털터리가 되어 있었다. 확실하게 보장된 계획이나 준비도 없었다. 택시운전사 조수 짓이라도 해서 반드시 운전을 배워 내 뜻을 이뤄 보겠다는 오기와, 당시 '국토건설단'이란 이름으로 깡패들을 잡아다 교도소 대신 약간의 임금을 줘 가며 제주시와 서귀포를 잇는 한라산 횡단도로인 이른바 5·16 도로 공사에 투입한다는 풍문을 듣고 있던 터라 나도 거기에 자원해서 노가다라도 하면 설마 굶어죽기야 않겠지 하는 한참 철없는 생각으로 저지른 짓이었다. 그러나 택시기사 조수 자리는 가는 곳마다 웃음거리 취급밖에 받지 못했고 풍문으로 들었던 횡단도로 건설 사업은 철수한 지 오래였다. 이곳저곳 일자리를 구하려 돌아다니며 사흘을 버티고 나니 배가 고파서 견딜 수가 없었다. 죽을 각오까지 했던 오기는 어디 가고 배고픔을 이기지 못해 남의 집 문전 걸식을 하게 될 줄은 꿈에도 생각 못했다. 그 당시 제주시는 명칭만 시일 뿐 시내를 조금만 벗어나도 나지막한 초가지붕의 돌담 집이었다. 대문도 없이 기다란 막대기 하나가 걸쳐 있으면 주인이 출타 중이라는 표시고, 걸쳐진 막대기가 없으면 집에 사람이 있다는 표시였던, 오직 제주도에서만 볼 수 있는 평화스러운 풍경의 시골이었다. 그러하다 보니 마음만 먹으면 얼마든지 배고픔을 해결할 수 있겠다는 유혹이 없었던 건 아니지만, 만에 하나 잡히기라도 하면 낯선 타곳에서 봉변을 당할지도 모른다는 생각에 용기가 나지 않았다. 그래서 망설이고 또 망설인 끝에, 아는 사람도 없는데 눈 딱 감고 밥 동냥이나 해 보자는 용기를 이뤄냈다. 그래서 이왕 얻어먹을 바에야 기와지붕에 대문이 있는 부잣집으로 가자는 생각으로 동네를 살핀 끝에 어느 극장에서 간선도로 따라 200~300미터쯤 동쪽 방향에 위치한 소담한 집의 대문으로 들어갔다. 그런데 기와를 얹은 집치고는 처마가 아주 낮은 고택(古宅)에 자식들은 외지로 나갔는지 연륜이 있어 보이는 무뚝뚝한 노부부만 살고 있는 듯 보였다. 그러나 거지 짓도 쉬운 게 아니어서 구차한 구실을 대가며 횡설수설하고 있었다. 그런데 마치 내 사정을 다 알고 있다는 듯이 예사로운 일인 것처럼, "아무개야! 밥상 하나 차려라" 하시니 16~17세쯤 돼 보이는 식모인 듯한 예쁜 아가씨가 상을 차려 나왔다. 빌어먹으러 온 거지에게 밥상을 차려 주는 인심은 제주도가 아닌 곳에서는 아마 찾아보기 힘들 것이다. 빌어먹은 게 아니라 대접을 받은 기분이 맞았다. 묵이 들어 있던 그 국 맛은 지금도 잊을 수가 없다. 살면서 아직 그 국만큼 맛있는 음식은 대해보지 못했으니까. 아무튼 걸신들린 듯 밥상을 비우는 사이 그들이 나누는 대화를 듣자 하니 짐작건대 세 놓은 점포가 여럿 되는 꽤 부잣집인 것 같았다.

그 집 마당은 들어갈 때보다 나갈 때 어찌 그리 멀게 느껴지던지, 내 뒤통수가 얼마나 부끄러웠는지, 겪어보지 않은 이들은 짐작만으로는 아무도 모를 것이다. 가슴도 크고 허벅지도 실한 긴 머리 식모 아가씨의 예쁜 눈웃음 탓만은 아니었다. 아무튼 그 후로는 두 번 다시 그 짓은 하지 않았다. 이건 어디까지나 만약인데, 깡통이라도 차고 비렁뱅이 짓을 했더라면 아마 그 짓을 헤어나지 못했을지 모른다. 왜냐면 배가 너무 고팠으니까.

한 인간의 나약함인지 강인함인지 모르겠지만, 바위틈이나 자갈밭의 거친 땅을 헤치고 나오는 여린 새싹을 볼라치면 무릇 모든 생명체는 비록 나약해 보일지라도 그 이면에는 각기 생존을 위한 잠재력을 갖추고 있지 않나 싶다.

그리고 또 한 가지 제주도에서 좋았던 기억은 여인숙(旅人宿)의 인심 좋은 돈 계산 방법이었다. 떼먹고 도망가 버리면 어쩌려고 며칠을 묵든지 후불계산이란다. 나중에야 삼수갑산을 갈망정 그 덕에 잠은 편하게 잤다. 다만 옆방에서 질러대는 야릇한 괴성에 비록 배는 등가죽에 붙었어도 젊음을 잠재우기가 여간 거시기 하지 않았던 기억이 새롭다.

외롭고 힘겨울 때면 나는 언제나 혼자였고 세상으로부터 외면당한 기분이 들었다. 비록 내가 자초한 일이긴 했지만 나의 행색이나 처지는 말이 아니었다. 육지로 돌아가려 해도 뱃삯이 없어서 돌아갈 수도 없는 처지였다. 그래서 벼르고 벼른 끝에 오직 셋째형님이 경찰관이라는 자신감 하나로 파출소를 찾아갔다. 우리 형님도 경찰이라며, 부산으로 돌아갈 뱃삯 일천 원만 빌려달라고, 빌린 돈은 꼭 갚겠노라고, 대략 그런 식으로 사정해 볼 심산이었다. 그러나 경찰 특유의 추궁과 잔소리에 정작 내가 준비했던 말은 제대로 전달도 못하고 버벅대다가 결국 그들의 관심 밖으로 밀려났다. 그런데 말없이 지켜보던 소장인 듯한 분이 못생긴 감자 한 개였는지 두 개였는지를 집어주었는데, 좌우간 그 맛은 입에서 그냥 녹아 버렸다. 밥상에 한상 차려 대접받았던 고마움과는 또 다른 감동이었다. 책상 위의 명판에 새겨 있던 그분의 이름은 기억나지 않지만 성 씨는 양 씨였던 걸로 기억하고 있다.

한 가지 재미있는 기억이 있다. 내 가방 속의 낡아빠진 강의록 책이 내 신분보장에 도움이 되었던 것이다. 생각지도 못했던 일이다. 앞서 제주항에 입항했을 때 신분을 밝혀줄 만한 게 아무것도 없다 보니 항만 파출소로 연행되어 조사를 받았는데 그때 담당 경찰관이 마음만 먹으면 구치소에 수감하거나 부산으로 송치될 상황이었다. 그런데 내 가방속의 낡아빠진 강의록 책을 살펴보던 경찰관이 그만 가도 된다고 했다. 그 당시 제주도는 도피자가 많이 모이는 곳인지라 부산보다는 신분조사가 까다롭다는 것을 뒤늦게야 알게 되었지만, 좌우간 강의록 책이 내게 또 한 번의 도움을 주었다.

내가 할 수 있는 일이라곤 그나마 금 세공 기술밖에 없다는 현실을 뒤늦게야 깨닫고 지푸라기라도 잡는 심정으로 몇몇 집을 전전한 지 한나절도 안 되어서 일자리를 구하게 되었다. 그런데 알고 보니 이틀 전까지만 해도 기술자가 있었던 모양이었다. 그러니까 내가 만약 사흘 전에 들렀더라면 기술자가 있는 집으로 간주하고 기회를 놓쳤을 것이다. 그걸 생각하면 참으로 운이 좋았다 싶다.

아무튼 숙식이 해결되고 떳떳하게 편한 마음으로 식사를 할 수 있다는 것이 그렇게나 감격스러울 수가 없었다. 지금도 그때를 생각하면 눈물이 핑 돌 것 같다. 사실 거지로 전락하기 직전의 기로에서 종이 한 장 차이로 사람의 팔자가 달라졌으니, 참으로 사람의 일이란 한 치 앞도 모르는가 싶다. 그리고 그 한 치 앞은 때론 좋을 수도 있고 때론 나쁠 수도 있다. 우리는 이를 운이라고들 표현한다. 그러나 결코 운이 운명일 수는 없고 또한 그래서 인생은 살 만하다고 하는 것인지도 모르겠다.

사장님 내외분의 인심이 정말 좋았다. 불과 이틀 전에 야반도주한 몹쓸 기사를 경험했는데도 불구하고 사장님과 겸상(兼床)할 수 있게 해 주는가 하면 잠자리도 사장님 집의 독방을 하나 내어 주셨다. 그리고 무엇보다 불질, 망치질, 심지어 줄질까지 해내는 꼬마까지 딸려 있어서 나는 내가 가장 자신 있는 조각 따는 일만 하면 되었다. 그놈의 행운의 열쇠가 그야말로 행운의 여신이 되어서 불쌍한 인간 찌꺼기 하나를 구제해 준 게 아닌가 싶다.

그럼 제주도에서의 8개월여 동안에 벌어졌던 몇 가지 에피소드를 소개할까 한다.

첫 번째 이야기다.
앞에서도 언급한 바와 같이 사모님께서 독방 하나를 내어주셨다. 누가 사용하던 것인지 손때 묻은 책걸상과 깨끗하게 정돈된

이부자리까지 갖춰져 있어서 마치 나를 위해 비워둔 방인 듯 편안하게 느껴졌다. 꿈만 같았다. 부모님에게 잘 있다는 편지도 써 놨다. 그러나 좀처럼 잠을 이룰 수가 없었다. 한 일주일만 버티면 뱃삯은 마련할 수 있겠지, 사모님이 워낙 좋으신 분인 것 같으니 아마 기술이 조금 서툴더라도 내쫓지는 않으시겠지, 이런저런 생각으로 밤늦도록 뒤척이다가 잠이 들었다. 가정부 아주머니께서 아침 먹으라고 깨우는 소리에 깜짝 놀라 일어나 보니 이게 웬 날벼락, 깨끗한 이부자리에 지도를 그려 놨다. 인사불성 술이 취했다면 몰라도 그런 것도 아닌데 왜 그런 실수를 했는지 참으로 기가 찰 노릇이었다. 아무것도 모르고 있는 가정부 아주머니께서는 빨리 아침 먹으라고 닦달을 하셨다. 몰래 도망치고도 싶었지만 배고팠던 기억 때문일까, 생존본능일까, 좌우간 얼굴에 철판을 깔고 버텨 냈다. 그런데 젖은 요는 둘째 치고 갈아입을 옷도 없고, 돈도 없었다. 안절부절 하면서 체온으로 말릴 수밖에 없었던 그때의 난감했던 처지와 창피함을 지금껏 애써 잊고 살아왔다. 글을 쓰며 새삼 오늘의 내가 그날의 나를 바라보니 너무 불쌍하고 안쓰러워서 가슴이 찢어질 것 같다. 냄새도 많이 났을 텐데….

아무튼 그 일로 인해 도저히 얼굴을 들 수가 없어 하룻밤의 호강으로 만족하고 꼬마가 자기 형과 같이 자취하고 있는 작은 골방으로 거처를 옮겼다. 내 생애 지우고 싶은 장면 하나를 꼽으라면 그때 그 장면이 최상위에 오를 것이다.

아무튼 꼬마 형제들이 착해서 싫은 내색은커녕 가끔씩 속옷이나 양말 빨래를 도와주기도 했었다. 한 번은 내 속옷에서 이를 7십여 마리 잡았다며 생색냈는데 참 씁쓸한 과거사가 아닐 수 없다. 그런데 대충 잡은 이가 7십여 마리였다는 걸 감안하면 그 많은 이가 하루에 혹은 한 달 동안에 빨아먹은 피의 양이 몇 cc가 될는지 모르겠다. 그러나 그 시절엔 일반 서민들 대개가 제대로 챙겨 먹지 못하고 그렇게들 살아왔다. 그리고 그건 결코 먼 옛날이야기가 아니다.

두 번째 이야기다.

사모님은 본인의 라이선스로 운영하는 약국을 중심으로 왼편에는 금방, 오른편에는 당구장까지 가지고 계셨고 혼자서 다 관리를 하는 억척이셨다. 사장님은 거의 매일 마작이나 했고 사모님이 1인 3~4역을 했다. 그러다 보니 금방이나 당구장은 꼬마나 내가 번갈아 가며 지켜 줘야 했다. 그런데 어느 날 내 또래쯤 되어 보이는 청년 3명이 내가 가끔씩 갖고 놀던 사장님의 기타를 허락도 없이 갖고 놀았는데 줄을 끊어 놓고도 미안하다는 말은커녕 음이 맞지 않다는 둥 오히려 시비를 걸어 왔다. 그래서 결국 언쟁이 벌어지고 말았다. 워낙 객지이기도 했고 지난날 범일동에서 당했던 집단폭행 사건이 트라우마로 남아 있었던지 당하기 전에 먼저 제압을 해서 위기를 모면해야겠다는 생각이 들었다. 그래서 평소에는 창피해서 감추어 오던 손등의 흉터까지 내보이며 생 깡을 다 부렸다. 그중 두 사람은 말리는 척이라도 했는데 유독 한 사람은 내 깡이 먹히지 않고 세게 나왔다. 급기야 당구공을 집어 던졌는데, 출입문

위쪽의 통풍 유리창이 박살나면서 이웃은 물론 사모님까지 놀라서 뛰어 나오는 사태가 벌어지고 말았다. 그런데 자초지종을 파악한 사모님께서는 이쪽저쪽 편하게 수습하여 돼지갈비 집에서 화해의 술자리를 마련해 주기까지 했다. 그때 그 유명한 제주도 똥돼지갈비도 처음으로 먹어 봤다. 사실 돼지고기를 불에 구워 먹는다는 것도 그때 처음 알았지만 그 맛은 짜릿할 정도로 좋았다. 나는 주로 듣기만 했지만 많은 대화를 나누었다. 알고 보니 착하고 좋기만한 대학생들이었다. 나는 그들에게서 어떤 멋을 느꼈다. 그리고 대학생에 대한 부러움의 감정도 처음으로 느꼈다. 대학생이 몇 학년까지 있는지조차 몰랐던 나로서는 그들이 몇 학년이었는지는 기억할 수 없지만 나이는 내 또래였고 제주대 학생이란 건 기억하고 있다. 그리고 그들로부터 삼성 혈(三姓 穴)의 신화에 대한 것이나, 고, 부, 양씨가 제주도 본토박이 성(姓)이란 이야기도 들었다. 그리고 이름은 기억하지 못하지만 부(夫)씨 성을 가진 한 학생은 어느 날, 자기 부모님에게 허락을 받아냈다며 혼자 쓰는 방이 있으니까 부담갖지 말고 친구처럼 같이 지낼 것을 청하며 자기 집으로 들어오라고 했다. 그러나 이불을 흠뻑 적셨던 일이 떠올라서 본의 아니게 거절하고 말았다. 그 친구는 결혼한 누나가 부산 영도에 살고 있으며 자기도 부산이나 서울에 취직되어 육지로 떠나는 게 꿈이라고 했다. 아무튼 그 친구들도 훌륭하게 성공했을 거라 믿어 의심치 않는다. 그들과 추억 속의 친구가 아닌 현실 속의 친구이지 못한 것이 아쉽고 또한 애석한 마음이 들 때가 있다.

세 번째 이야기다.

님만 님이 아니라 기룬 것은 다 님이다

중생이 석가의 님이라면 철학은 칸트의 님이다

장미꽃의 님이 봄비라면 만치니의 님은 이태리다

님은 내가 사랑할 뿐 아니라 나를 사랑하나니라

연애가 자유라면 님도 자유일 것이다

그러나 너희는 이름 좋은 자유에 알뜰한 구속을 받지 않느냐

너에게도 님이 있느냐 있다면 님이 아니라 너의 그림자니라

나는 해 저문 벌판에서 돌아가는 길을 잃고

헤매는 어린양이 그리워서 이 시를 쓴다

내가 매우 좋아했던 만해 한용운 님의 '군말'이라는 시인데, 이 시의 깊은 뜻이야 이해를 못하지만 나를 평생 따라 다니는 그림자 이야기를 소개하고자 읊어 보았다. 그러나 이야기의 내용과 시는 무관함을 미리 양해 구하며, 그림자 여인의 이야기를 마지막으로 사랑하는 제주도에서의 이야기는 끝을 맺을까 한다.

그녀의 나이는 18세, 키는 160㎝가량에 얼굴은 별 특징 없이 수수하고 조용하고, 그냥 평범한 아가씨였다. 만남은 짧았지만 긴 세월 지워지지 않는 그림자가 되어 아스라이 추억으로 왔다가 어느새 내 마음을 누른다. 그런 그녀는, 임도 아닌 것이, 벗도 아닌 것이, 그렇다고 아름다운 추억도 아닌 것이, 내 평생을 따라다니는 그림자가 되었다.

우리의 인연은 내 나이 스물네 살, 제주도에 발붙인 지 약 8개월 쯤 되었을 때, 그러니까 1969년 2월경, 함박눈이 펑펑 내리는 오후 6~7시쯤, 그녀와의 첫 데이트를 제주시의 '관덕정' 건물 오른쪽 건너편, 돌담길을 따라서 천지가 하얗게 눈으로 덮인 길을 따라 우리 둘만의 발자국을 남겨 가며 내 생애 처음 가슴 설레는 데이트를 같이 한 상대이기도 했다. 금방 손님으로 왔던 아가씨인데 서로가 마음이 통해 자연스럽게 다방에서 만나 차 마시고 데이트하기까지 발전했던 것이다. 그런데 그녀의 아버지가 운송 사업을 하는데, 택시가 열 대 남짓 있다고 했다. 제주도로 올 때 택시기사 조수까지 각오했던 나로서는 내 마음을 들킨 것처럼 혹은 전생에서부터 얽힌 어떤 인연인 것처럼 정말 묘한 인연이라는 생각이 들었다. 아무튼 여기까지는 그냥 아름다운 추억으로 남을 수 있고 또 그랬으면 좋으련만, 문제는 함박눈이 쏟아지는 돌담길을 장시간 걷다 보니 옷도 젖었고 언 몸도 녹일 겸 해서 마침 꼬마 형제는 고향에 다니러 가고 없었던 터라 내가 묵고 있는 골방으로 그녀를 데리고 갔던 것이 화근이 되었다.

　아무튼 은밀한 좁은 방에서 이불 밑에 발을 녹이며 마주앉아있는 둘만의 그 시간이 어쩜 그리도 가슴 뛰고 맥박은 빨라지고 숨이 차던지. 싫지는 않았지만 견디기가 무척 힘든 시간이었다. 그렇게 한참을 견디다 급기야 전등불을 끄고 뜨거운 사랑을 나누기에 이르렀다. 그런데 어찌된 영문인지 그 놈이 도무지 힘을 차리지 못했다. 애를 쓰면 쓸수록 더욱더 고개를 숙이니 어찌할 바를 몰라 쩔쩔매다가 결국 자리에서 일어나 불을 켜고 말았다. 그리고 누워 있는 그녀의 벗은 하반신을 보게 되었다. 그런데 그녀의 여성이 어린아이처럼 하얀 속살 그대로였다. 남녀 할 것 없이 무모증이 아주 아픈 콤플렉스라고 들었는데, 얼마나 부끄럽고 자존심 상했을까. 감성이 여린 나이의 그녀가 감당하기엔 마음의 상처가 아마도 실연(失戀)의 아픔보다도 더했을 것이라고 생각한다.

아무튼 그녀는 서둘러 방을 나간 후로는 전화 연락조차 없었고 나 또한 마주 대할 용기가 나지 않아 통화 한 번 못한 채, 예정된 일정이기는 하지만 부산에 다녀와야 할 일이 있어서(음력설도 쇨 겸 주민등록 신고 관계로) 제주공항에서 전화를 걸었다. "여보세요?" 하는 그녀의 음성 한마디만 듣고는 누군지 밝히지도 못하고 얼른 전화를 끊어버렸다. 내 착각일지도 모르겠지만 비행기 뜰 시간도 촉박한데 혹시나 헛걸음하게 할까 봐 그랬다. 그런데 그것이 영원한 이별이 될 줄은 몰랐고 두고두고 회한(悔恨)이 될 줄은 더욱 몰랐다. 사실 석별(惜別)의 아픔이라도 함께 나누고 헤어졌더라도 이토록 지워지지 않는 그림자로 남아 있지는 않을 것이다. 시간이 세월이 되고 세월이 어언 반세기가 되어 가건만 아직도 가끔 달을 쳐다보면 그녀가 떠오르곤 한다.

"그러나 그대여! 이젠 놓으리다. 혹여 그것이 사랑이라 할지라도 이젠 놓으리다. 그대도 나를 놓아주소서. 그림자여…"

제주도에서의 생활은 불과 8개월여였지만 참 많은 경험과 추억, 좋은 인상을 간직하고 있다. 또한 정신적으로도 많이 성숙해졌고 금 세공 기술도 많이 늘어 자신감도 생겼다. 그리고 8개월 동안 모아온 월급으로 난생 처음 양복과 구두까지 맞춰 입고 어머님께 드릴 2돈짜리 금반지와 제법 되는 돈 봉투까지 챙겨서 갈 수 있었다. 여객선 3등석에 짐짝처럼 실려 왔던 몸이 어엿한 신사가 되어서 비행기 타고 돌아가게 될 줄이야, 그 감회는 아마 금의환향이란 말에 딱 들어맞는 감회가 아니었나 싶다. 그리고 내가 사랑하는 제주도는 3다의 고장이 아니라 4다의 고장이었다. 돌, 바람, 여자, 그리고 좋은 인심.

지워도 가끔씩 떠오르는 것이 슬픔이라고
기억도 없는 것이 더 슬픈 것이라고
방울소리를 달 것이나
풍경소리를 달 것이나
창가에 드리운 달빛 그림자는 슬프다

청춘

제주도에서 귀향해 부모님도 뵙고 설도 쉰 뒤 우 영감님도 설 인사차 찾아뵈었다. 그간 제주도에 갔다왔다는 말을 대충 들으시더니 자기 일처럼 좋아하시고 반겨 주셨다. 당장 취직자리도 소개해 주셨다. 그래서 제주도에는 못 돌아간다는 사과의 편지를 띄우고 말았다. 사실 제주도에는 사연도 많았고 사연만큼이나 나를 성숙시킨, 좋은 인상을 심어준 분들이 많았다. 그래서 돌아가겠다고 약속까지 해 놓긴 했지만 돌아가지 않았다. 그건 그간 외로움이나 향수(鄕愁)도 있었거니와 어차피 나는 부산에 자리를 잡아야 한다는 생각이 있었기 때문이다. 특히 우 영감님의 호의를 거절할 수가 없었기에 더 더욱 망설이거나 고민할 수 없었다. 그러나 사모님의 후덕한 인심과 고마움은 영원히 잊지 않을 것이다.

새로 취직하게 된 금방은 기독교 부부께서 운영하는 곳이었다.

사장님께서는 교회 집사님이셨고 부인께서는 권사님으로 아주 신앙심이 두터운 분들이었다. 그래서 나도 교회에 나가게 되었다. 사실 부모님은 불교였지만 나는 종교에 대한 관심이 전혀 없었다. 그러나 사장님의 권유가 없었더라도 마음의 안정을 찾고 중단했던 공부를 다시 시작할 다짐을 하기 위해 스스로 교회에 나갔을 것이다. 그 당시 누군가에게, 고아들도 저만 열심히 하면 고등학교는 물론이려니와 대학까지도 시켜준다는 말을 들었을 때, 나도 고아로 태어났으면 하는 부끄러운 상상을 했을 만큼 공부에 대한 미련이 매우 컸기 때문이다. 그런데 돌이켜 생각해 보면 공부를 해서 무엇을 어떻게 해 보겠다는 뚜렷한 목적의식은 없었던 것 같다. 다만 내색하지 않았을 뿐이지 내 마음속에 한이 남아 있었던 게 아니었나 싶다. 그리고 부모님에게 보여드리고 싶은 마음이 컸던 것도 사실이다.

아무튼 하루 일과를 마치고 저녁식사가 끝나면 밤늦도록 공부할 수 있는 나만의 공간이 생겼다. 비록 일어설 수도 없는 낮고 좁은 다락방이었지만 그래도 좋았다. 중3인 사장님 아들이 공부벌레인 데다 사장님 또한 내가 강의록 공부하는 것을 무척 좋아하셨다. 사실 내가 공부할 수 있는 기회는 심리적 또는 주변적 여건상 그때가 처음이자 마지막이 아니었나 싶다. 그리고 그 기회를 놓쳤던 건, 살아오면서 후회를 많이 하는 부분이기도 하다. 그러나 운명이라고 돌리기엔 너무나 많은 사건들로 인해 작심삼일이 되고 말았다. 굳이 변명을 대자면 세상이 나를 가만 놔두지 않았다. 내가 세상에 나온 이후로 이성의 유혹을 그렇게 적극적으로 받아보기는 처음이었다. 그것도 한꺼번에 세 명의 여성이 각자의 개성대로 나를 유혹하는, 그야말로 여복전성시대를 만났던 셈이다. 그러나 치러낸 대가가 만만치 않다. 공부를 포기하게 된 것이야 혼자만의 아쉬움 정도로 남았지만, 짧은 동안 내 생활에 참 많은 변화와 풍상들을 겪었다.

그럼 지금부터 나의 여복전성시대 이야기를 더듬어 보자면, 내게 가장 먼저 유혹의 손길을 보낸 여성은 금방 사장님의 가정부였다. 이름은 기억나지도 않고 설사 안다고 해도 생략할 것이지만, 아무튼 그 아가씨는 나이는 나보다 한두 살 아래로, 보통 키에 통통한 몸매를 가진, 계란형 얼굴의 아가씨였다. 손끝이 야물고 심성도 고운 데다 짬짬이 독서도 열심히 하는, 적어도 내 눈엔 아주 착하고 또한 매우 내성적인 여성이었다. 그런데 자기감정을 표현하는 데는 어쩜 그렇게 적극적일 수 있는지, 그것이 사랑인지 뭔지는 알수 없으나 그 당시 내가 갖고 있는 상식으로는 여자의 마음을, 아니 그녀의 이중성을 이해하기가 힘들 정도로 너무나 적극적이었다. 몇 가지 예를 들자면, 어쩌다 볼일이 생겨 늦은 시간에 귀가한적이 있었는데 벨을 누르자마자 기다렸다는 듯이 섹시한 잠옷차림으로 잽싸게 나와서 대문을 열어주는 게 아닌가. 평소에도 내가 아무리 늦어도 밥상은 꼭꼭 준비해 놓고 식사를 챙겼다. 그리고 양말이나 속옷 빨래까지 정갈하게 챙겨 주고 다락방 청소도 날마다 깨끗하게 해주는가 하면 얼굴에 바르는 영양크림까지 사다가

책상 위에 몰래 두고 가기도 했다.

좌우간 내가 거처하는 다락방이 아이들 공부방을 거치지 않고 드나들 수 있는 곳이었다면 아마 자는 밤중에 찾아왔을지도 모르겠다 싶을 만큼 여러모로 대단히 유혹적이고 적극적이었다. 그뿐만 아니라 한참 일하고 있는 시간에 가게 마치면 모 양과자점에서 만나자고 자꾸 전화를 해대는 바람에 결국 사장님께 들통이 나기도 했다. 그러나 그녀는 포기는커녕 일요일 노는 날이면 무슨 핑계를 대서라도 주인 아줌마의 외출허락을 받아내어 골목에서 나를 기다리고 있다가 예배 끝나는 대로 만나자는 쪽지를 건네주기도 했다. 그녀의 일방적인 약속장소에 한 번도 나가지 않았던 일은 정말 미안하고 또 가슴 아프게 생각한다. 그리고 그녀에게 마음으로 전하고 싶은 말은 고마웠고 미안했다는 말이다. 상처를 받지 않았기를 바랄 뿐이다.

그리고 비슷한 시기에 또 한 여성을 만났다. 그녀는 유혹을 했다기보다는 나에게 조심스럽게 접근해왔다는 표현이 맞을 것 같다. 당시 22세로, 나와 비슷한 키에 얼굴에는 마마 자국이 약간 보였지만 하얀 피부의 예쁜 얼굴에 몸매는 날씬한 편이었고 각선미가 아름다워 미니스커트가 잘 어울리는 아가씨였다. 성격이 상냥하고 쾌활했지만 대체로 얌전한 아가씨였다. 이런 말을 해도 될지 모르겠지만 내 이상형의 여성이었다. 그녀는 내가 일하고 있는 금방의 맞은편에서 메리야스 등 주로 속옷을 도소매하는 점포의 판매원 아가씨였다. 그 당시 부산진 시장은 신축공사 중이어서 내가 일하던 금방은 초량에 지어 놓은 가설시장에 임시로 차려 놓고 있었다.

아무튼 그는 내게 처한 상황들을 배려하며 매우 조심스럽게 다가왔다. 한 예로, 금 세공 일이 불을 다루는 일인 데다 가설시장의 지붕이 열악하다 보니 봄 날씨인데도 햇볕 쬐는 한낮에는 실내가 더웠다. 그래서 땀 흘리며 일하는 나를 안타까워하면서 아이스크림을 사다 줄 때가 종종 있었는데, 주위 사람들 눈치를 살피느라 그들 몫까지 사 와서 나눠 주었다. 얼음으로 내 등을 식혀 줄 때도 장난치는 것처럼 하여 항상 주위의 이목에 신경을 썼다. 하지만 나에게 전해지는 애정은 진하게 다가왔다. 그런데 그 집 사장님은 이북에서 피난 온 실향민이었는데 성씨가 맡길 임(任) 씨였다. 나더러 수풀 임(林) 씨나 맡길 임(任) 씨나 한글로 쓰면 같은 임씨라며 북에 두고 온 동생이 생각날 때마다 나를 보며 고향생각을 한다면서 의형제로 지내자고 했다. 나는 형님들이 많아서 곤란하다고 난색을 표했으나 아랑곳 않고 시장 마치고 나면 중국집 등 음식점으로 불러내어 식사자리를 자주 만들었다. 그럴 때면 종업원인 그녀와도 자리를 함께할 수 있었다. 그 자리는 자연스럽게 그녀와 서로의 마음을 확인해 가는 자리가 됐다. 그리고 사장님이 눈치를 못 채게끔 신경을 쓰다 보니 본의 아니게 의형제 관계도 저절로 형성되어 갔다.

그런데 그 사랑을 싹 틔워 보기도 전에 또한 사람의 여성이 나타났다. 가끔씩 변소 길에서 얼굴을 익힌 아가씨인데 어느 날 반지를 맞춰 간 후 가벼운 장난까지 치는 사이로 친숙해졌다. 그녀의 나이는 나보다 한 살 아래인 23세였다. 키는 나보다 약간 작았지만 허벅지가 실한, 그러나 보기가 흉하지 않은 육감적인 몸매를 가졌다. 아주 활달하고 적극적이며 항상 에너지가 넘치는, 그리고 매우 유쾌한 아가씨였다. 그러나 내 마음은 이미 앞집 아가씨에게 주고 있던 터라 그녀는 그저 아는 아가씨일 뿐 그 이상도 이하도 아니었다.

그런데 용기 있는 자가 사랑을 얻는다 했던가. 변소길 아가씨는 앞집 아가씨보다 과감하고 적극적인 대시를 해 왔고, 결국 나는 변소길 아가씨와 인연을 맺게 되었다.

훗날 변소길 아가씨의 양심고백으로 알게 된 사실이지만, 변소길 아가씨와 앞집 아가씨는 같은 업종에 종사하여 서로 아는 사이였다고 한다. 변소길 아가씨 역시 나를 좋아하고 있던 차에 앞집 그녀와의 데이트 약속을 알게 되었다고 한다. 따라서 변소길 아가씨의 순발력에 의한 우발적 거짓말이 의외의 치명타가 되어 앞집 그녀는 그녀대로 나를 배신자로 취급하여 아주 괘씸하고 형편없는 사람으로 치부하게 되었을 테고, 나는 나대로 그녀의 진심을 의심할 수밖에 없는 상황으로 흘러버린 것이다. 오해란 풀고 보면 아무것도 아닌데 아무것도 모르고 있었던 당시로서는 서로의 자존심과 질투심으로 인해 서로 눈 마주치기조차 서먹해진 사이가 되어 오해를 풀 기회를 놓치고 말았던 것이다. 그리고 전혀 예측하지 못한 결과를 낳았던 것이다.

아무튼 혈기왕성한 젊은 수컷을 가만 놔두지 않으려는 자연의 섭리라고 해야 할까, 내가 여성들의 입맛에 쓸 만해 보였던 걸까. 어쨌든 그때가 이성문제에 관한 한 나의 전성시대이었음은 분명하다. 사실 가정부 아가씨는 동생들을 위해서 본인의 고등학교 진학을 포기하고 남의 집 식모살이를 하는 처지였지만 여러 가지로 정말 참한 아가씨였다. 앞집 아가씨 역시 키나 몸매나 얼굴까지 빠지는 데가 없었고 야간학교지만 고등교육까지 받아 매우 이지적인 아가씨였다.

아무튼 나에게도 청춘이 있었다면 그때가 내 청춘의 봄이 아니었나 싶다.

그리고 이미 눈치를 챘는지 모르겠지만 변소길 아가씨, 그녀가 지금의 내 아내 희야 씨다. 한마디로 나를 쟁취한 여성이다. 그러니까 내가 그녀를 선택한 게 아니라 내가 그녀에게 선택당했다고 보는 게 맞다.

아무튼 훗날 아내인 희야 씨의 쉽지 않았을 양심 고백을 듣고 나의 반응은 까칠할 수밖에 없었다. 그러나 한 가지 분명한 사실은 정말로 고마웠다는 것이다. 늦게나마 앞집 그녀의 진심을 알게 되었으니까. 거짓말에도 진실이 있다고 하지 않던가. 어디 본인 마음인들 편했으랴 싶다.

그럼 희야 씨와의 데이트 이야기로 이어가 보자.

그녀는 역시나 두 번째 만남의 자리엔 친구 두 명을 대동하고 나왔다. 소위 한턱 우려먹기 위해서 나왔던 셈이다. 그때 나는 신진자동차 운전면허 학원에 다닐 때 교양강의 시간에 들었던 멘트를 써먹었다. 여성은 가슴과 엉덩이가 커서 생산적이어야 하고 허리는 개미허리처럼 날씬하여 경제적이어야 한다는 말로 농담을 한 것이었다. 그랬더니 그녀들은 재미있어 하며 아주 경제적으로 놀다 돌아갔다. 물론 그녀들 또한 우려먹는 게 목적은 아니었던 것은 알지만.

아무튼 그날 회야 씨와의 데이트에서는 꽤 많은 이야기를 나누었다. 특히 가족관계에 대한 이야기를 많이 나눴던 것 같다. 아내는 양친 부모 아래 2남 4녀 중 셋째 딸이었다. 위로는 언니 둘과 오빠 하나를 두었고 아래로는 고등학교 다니는 남동생 하나와 중학생인 여동생 하나가 있다고 했다. 언니 둘은 결혼을 했고 오빠는 동아대학교 재학 중에 군대에 갔으며 아버지는 일본 유학까지 다녀온 지식인으로 한때 군청 공무원이었으나 그 당시에는 고향인 밀양군 청도면에서 첩과 살림을 차리고 있다고 했다. 그 갈등으로 어머니가 자식들을 데리고 부산으로 내려와 부산진 시장을 근거지로 한복 바느질을 해서 자식들 뒷바라지를 하고 있었다. 그리고 그녀는 야간고등학교 2학년 중퇴라고 했다. 그런데 겉보기와는 달리 무언가 우울한 느낌을 받았다. 그리고 헤어질 때 나에게 오빠처럼 지내고 싶다고 한 말이 왠지 여운으로 남았다.

아무튼 앞집 그녀와의 관계는 시간이 흐를수록 식어만 갔고 영숙 씨와의 관계는 날이 갈수록 뜨거워지고 있었다. 우리들의 한번 불붙기 시작한 정열은 하루가 멀다 하고 밤거리를 누볐다. 어쩌다 노는 날이면 어느새 야외로 바닷가로 손잡고 팔짱 끼고 웃고 울고 속삭이다 보면 해가 저물었다. 하루해가 짧은 것이 아쉬워서 헤어질 때는 아슬아슬 자정을 넘기곤 했다. 통금 시간 바로 직

전까지 같이 있다 집에 돌아갔다. 급기야 외박도 예삿일이 될 만큼 우리들의 청춘사업은 누구 하나 간섭하는 사람이 없었다. 정을 주는 것도 받는 것도 서툴렀기에 그 정을 아낌없이 몽땅 한꺼번에 쏟았다. 그것이 사랑이라면 너무나 세련되지 못한 사랑이었고 그 와중에 나는 욕정에 빠져버린 한 마리의 불나비가 되어 있었다. 그러던 어느 날 주위에 안 좋은 소문이 생길 만한 사건이 벌어졌다. 희야 씨와 알고 지내던 한 살 아래의 남자친구가 있었는데 그와 관련된 이야기였다. 그는 몇 달 전 군에 입대했고 첫 휴가를 나와서 희야 씨를 만나자고 했으나 이미 나와 뜨거운 관계였던 희야 씨가 만나 주지 않았던 것이었다. 그래서 그는 담판을 짓겠다는 생각으로 나를 근무시간에 다방으로 불러냈다. 아무것도 모르고 있었던 나로선 황당한 한편 화가 치밀었다. 다만 겉으로는 차분하게 그를 대했다. 모든 걸 당사자인 희야 씨 의사에 맡기겠다고 말하고는 차도 한 모금 안 마시고 나와 버렸다. 그러나 이웃의 이목과 그에 따른 충격으로 인해 상당 기간 많은 생각과 혼란 속에 빠졌다. 좀처럼 내 마음이 풀리지가 않았다. 그렇게 며칠이 지난 후 나타난 그녀로부터 나를 향한 사랑이 너무나 간절하다는 것을 깨달았고 뜨거운 심장소리를 느꼈었다. 그리고 어떤 의무감과 책임감으로 나의 이기심이 부끄러웠다. 만약 그때 우리가 헤어졌더라면, 그리고 서로가 소식도 모를 만큼 멀리 떨어져 살고 있다면, 아마 무척이나 그립고 애잔한 추억으로 남아 있지 않을까 싶다.

아무튼 그런 소란이 있기 전까지는 한글 종씨 형님이 우리들의 관계를 전혀 모르고 있었던 모양이다. 그때까지만 해도 나에게 여자는 절대 사귀지 말라고 하셨다. 사람의 정은 단 하나밖에 없다면서 그 정을 둘로 나누면 자기에게 돌아올 정은 없어진다거나, 돈이란 모을 때 열심히 모아야 한다며 어지간히 모인 후에는 표가안 나지만 모이기 전에 써 버리면 절대 모이지 않는다거나, 철없던 나에게 가슴에 와닿는 말을 곧잘 해 주셨다. 친척 중 한 분이 재일교포라며 언제 한 번 일본에도 데리고 가겠다고 해 주신 형님이다. 내가 입는 옷가지도 거기서 얻어 입으면 될 터이니 앞으로는사 입지 말라고도 했던, 무척이나 나를 아껴주시던 분이었다. 그형님이 성당에 같이 나가자고 해서 다니던 교회도 그만두고 성당을 다니게 되었다. 그런데 금방 사장님 사모님은 그 성당엔 간첩들이 많다면서 교회에 계속 나가기를 권했다. 이미 나는 교회든 성당이든 관심이 없어졌는데….

아무튼 그분은 우리의 관계를 알고는 금방 사장님을 통해 우 영감님에게 내가 남편이 있는 유부녀를 사귀고 있다는 등의 말을 흘렸다. 얼토당토않은 거짓말로 고자질을 했던 것이다. 날 아껴주시던 우 영감님은 그 말을 듣고는 당장 우리 큰형님에게 연락을 했고, 형님은 부모님에게까지 알리게 되어 야단법석이 났다. 급기야우 영감님으로부터 댁으로 오라는 연락을 받고 갔더니 그 자리엔큰형님도 와 기다리고 있었다. 우리 둘을 떼어 놓기 위한 대책을논의하는 자리였다. 당장 정리하고 시골로 내려가라는 불호령이떨어졌다. 그러나 종씨 형님의 말이 모두 거짓이고 또한 내가 책임을 지지 않으면 그 아가씨는 어쩌란 얘기냐며 뺨까지 맞아가며 버텄다. 하지만 결국 우 영감님의 영향력에 의해 직장까지 잃고는 고향으로 쫓겨났다.

큰형님이나 우 영감님은 한글 종씨 형님의 말만 믿고 그랬다 치고, 한글 종씨 그분은 왜, 무엇 때문에 그렇게까지 우리 둘의 사이를 떼어 놓으려고 애를 썼는지 지금까지도 확실히 모르겠다. 머리로는 나를 아끼고 위해 주시던 고마운 분이라고 생각을 하려 해도 마음으로는 그렇게 와 닿지 않는다.

그럼 여기서 종씨 형님과의 인연을 그만 정리해야겠다. 사실 그분과 의형제의 인연이 끊어진 주된 원인은 우리 둘 사이를 갈라놓으려던 사건이었지만 나 또한 의식적으로 피했던 것이 사실이다. 타의였든 자의였든 간에 그분에 대한 편견으로 인해 곁을 떠나게 되었다고 보는 것이 옳을 것이다. 그 편견이란, 그분의 고향이 북한이라는 점에서 비롯된 매우 조심스럽고 또 위험한 편견이었다. 좋은 인연으로 오늘날까지 이어졌으면 하는 아쉬움도 없지는 않지만, 그러나 이젠 마음으로부터 정리를 하는 바이다.

다만 세상 살아오면서 경험하는 바, 편견이나 선입견은 긍정적이라면 좋지만 부정적이라면 버려야 할 아주 좋지 않은 씨앗이라고 생각한다. 그놈은 한 번 의식 속에 심어지면 쉬 지워지지도 않을 뿐더러 그놈의 뿌리가 남아 있는 한 암적 작용밖에 하지 않는, 아무런 쓸모가 없는 놈이니까. 이래도 저래도 한 세상인데 되도록이면 긍정적인 사고로 세상을 살아가는 것이 좋으련만 그 또한 말같이 쉬우랴.

아무튼 우리들의 관계는 머리글에서 재회할 때의 장면을 서술했던 바와 같이 헤어지는 모양만 냈을 따름이지 일주일도 넘기지 못하고 그녀의 전보 한 통으로 다시 이어졌다.

돌이켜 보면 내가 만약 제주도로 다시 들어갔더라면 지금의 내 아내는 전혀 만날 수 없었을 것이다. 세 여인과의 4각 관계에서 내가 마음에 담았던 여인과 맺어졌더라도 인연이 되지 못했을 것이다. 아마 우리 부부는 어쩔 수 없는 숙명이 아닌가 싶다.

> 그것이 사랑이라면 그 사랑 불나방사랑이었다
> 그것이 사랑이 아니라 해도 그 정열은 뜨거웠다
> 그 빛깔 채어 와서 그려 볼까나
> 하양빛깔 빨강빛깔 뿐일지라도
> 어디 한 번 다시 한 번 그려 볼까나

그럼 우 영감님에 대한 이야기도 여기서 끝내야겠다.

앞에서도 잠깐씩 기술한 바 있지만, 그분은 나의 아버지 연배쯤 되는 분이다. 그럼에도 '영감님'이라고 칭한 건 머리가 백발인 탓도 있지만 내가 존경하는 의미의 뜻도 담겨있음을 영감님이나 그 가족들께서 양지해주시기를 바란다. 아무튼 그분은 나의 은인이시다. 내가 처음 금방에 발을 디뎠을 때 금방 심부름 다니면서 알게 된 인연이지만 부모님 이상으로 이끌어 주시고 관심과 사랑을 주셨던 분이시다. 키는 작은 편이시지만 위엄이 있으시고 자상하시며 정이 많으신 분이셨다. 슬하에는 같이 금 세공일을 하는 아주 효성이 지극한 잘 생긴 큰아드님과 인심이 좋은 덕성스러운 큰며느님, 그 아래로 터울이 꽤 있어 나이가 내 또래쯤 되는 복싱 실력이 대표 급이었던 대학생 막내아들이 있으셨다. 온화한 미소가 따뜻하시고 참 예쁘신 사모님도 기억난다. 그 이외의 가족 분들이 있으신지는 모르겠지만 6·25 때 월남하신 영감님의 가족 분들은 언제나 평화스럽고 행복한 가정으로 보였다. 내가 어디가 예뻐 보였는지는 모르겠지만, 저놈은 향기가 있는 아이라시며 믿음만 가지게 되면 장로감이라고 말씀하셨다. 내게 신앙심이 없음을 안타까워만 하셨지 억지로 교회를 가자고 강요하지 않으셨던, 배려 깊고 정도 깊은 나의 은인이시다. 어쩌다 여자 문제로 크나큰 실망을 안겨 드린 이후로는 왕래가 끊어졌고 먼발치에서 보아도 본의 아니게 외면할 수밖에 없었다. 변명 같지만 내 본디가 용렬하여 뵙기가 죄송하고 어려워서 용기가 나지 않아 인사 한 번 못 드린 것이 너무나 아쉽고 후회스럽다. 사실 우리 부부도 부모님의 허락을 받기까지 수년의 세월이 필요했고 내 삶 또한 숱한 기복이 있었기에 정신도 없었거니와 무엇보다 실망시켜 드린 만큼 그 이상으로 반드시 성공해서 잘 사는 모습으로 찾아뵙고 큰절을 올려야 한다고 생각했다. 그래서 그분을 생각하면 항상 마음이 무거웠다. 어느 날은 집 앞까지 갔다가 돌아오기도 했지만, 어찌 됐건 그 도리마저 놓치고 보니 항상 죄인 된 심정으로 후회와 아쉬움이 크다. 그러나 영감님은 내 가슴속에 영원히 남을 것이다.

믿지는 않지만 만약에 저승이라도 있다면

안부편지 한 장 써서 부쳐 드리리

듣기는 하였지만 만약에 저승이라도 있다면

이 마음도 함께 담아서 보내 드리리

그래도 이녘에게는 답장도 주지 마소

고향 이야기

내가 나고 자란 터전인 고향 이야기로 이어가 보자.

내가 태어난 곳은 경남 울주군 삼동면 조일리 1045번지, 이른바 '새삼골'이라고 칭하는, 골 얕은 산골의 조그만 오두막집이었다. 음력으로 1946년 5월 29일에 수풀 임(林) 씨 집안에서 6남 3녀 아홉 남매 중 여섯째로 태어났다. 위로 형님이 4명, 누님 1명 있었고, 아래로 남동생이 하나, 여동생 둘 있었다. 내 아명은 '태을(泰乙)'이다. 아버님께서 왜 바꾸셨는지는 알 수 없으나 초등학교 입학할 때 내 명찰에 '태인(泰寅)'으로 바뀐 이름이 써 있었다. 그래서 호적상의 이름은 태인이다. 그런데 고향에는 아직까지도 나를 '을'이라고 부르는 사람이 더러 있다. 어머님 역시 '야야' 아니면 '을'이라고 부르셨다. 나도 왠지 '을'이라는 이름이 더 정감 있게 와닿는다.

아무튼 내가 태어난 그해에 우리 가족은 면(面)은 다르지만 바로 이웃한 접경 지역인 삼남면 상천리 758번지로 이사했다고 들었다. 우리뿐만 아니라 마을 전체가 시나브로 다 옮겨가고 내가 태어난 그 마을은 없어진 지가 오래됐다. 내가 청년이 될 때까지 자라온 내 고향 상천 마을도 경부 고속도로가 지나가는 언저리에 위치해 있었기 때문에 계속 있을 수 없었다. 결국 고속도로에서 멀리 떨어진 돌산을 개발해서 동네 전체가 이주해 가게 됐고 옛 동네는 없어졌다.

50여 가구밖에 안 되는 작은 마을이었지만 워낙 다자녀(多子女) 가정이 많아서 한 가구당 평균 6명만 잡아도 객지로 나간 사람까지 포함하면 300명은 족히 되었을 것이다.

우리 마을은 동서로 길게 늘어선 마을이었다. 남쪽으로는 '앞거랑'이라고 일컫는 농수로(農水路)이자 빨래터인 개울이 흘렀고 '뒷거랑'이라 일컫는 북쪽엔 평소에는 말라 있으나 홍수가 나면 제법 큰 물이 흐르는 하천이었다. 동쪽엔 저 멀리 해 뜨는 문수산이 비스듬히 평화롭게 누워 있고 서쪽엔 '영남 알프스'라고 일컫는 영축산과 신불산을 이어 간월산과 가지산, 멀리 청도 운문산까지 이어져 있다. 우리 마을과 가장 가까운 신불산은 중턱에 금강폭포라고 하는 작은 폭포를 하나 품고 있는데 여름에는 녹음에 가려서 있는 줄도 모르다가 겨울이 되어야 얼음이 하얗게 얼어서 볼 수 있게 된다.

봄이면 산 넘어 나물 캐러 가고, 여름에는 엄마나 누나들을 따라 물 맞으러 가던 큰 바위도 많고 작은 폭포도 많은 금강골의 계곡이 참 좋았다. 그러나 추억 속의 장소일 뿐 지금은 군사 통제지역이 되어 출입이 금지되었다. 그리고 뒷거랑 건너편 '들내벌' 한편에는 우리가 다녔던 중남초등학교가 있다. 등·하굣길의 숱한 추억들이 깃든 곳이지만 지금은 많이 변해서 옛길은 없어져 버렸다.

우리 고향은 너무나 많이 변해 버렸다. 내가 자라온 우리 집은 삼남면에서는 둘째 가라면 서러울 만큼 아버님의 야심작인 너른 마당에 기둥과 서까래가 아주 실한 기와집이었다. 그러나 경부고속도로가 생기며 없어졌다. 아버님은 그 집을 지켜내기 위해서 군으로 면으로 하물며 청와대에까지 진정서를 몇 번씩이나 올려가며 무던히도 애쓰셨지만 허사로 돌아갔다. 결국 울주군 상북면의 어느 뜻있는 분에게 집 목재를 통째로 옮겨서 옛집 그대로 재현한 집을 지어 달라고 하여 아쉬움을 달래셨다고 했다. 우리 집뿐만 아니라 우리 마을 전체가 새마을 시범 단지로 지정되어 벽돌 슬레이트집으로 똑같이 지어서 이주했다. 그나마 우리 집은 제일 좋은 위치를 배당받아 양친 다 돌아가실 때까지도 살았지만 몇 해 후에 막내 남동생이 언양 부근의 아파트로 이사한 후로 그 집마저도 지키지 못하게 됐다. 가끔 들르기는 해도 멈출 곳은 없어진 고향이 되어버린 지 오래다. 그러나 내가 집 나올 때까지 자라온 나의 집 나의 고향을 그려보려 한다.

나는 태어날 때 너무나 약하게 태어나서 돌이 지나기도 전에 홍역을 심하게 앓아 인간이 안 될 줄 알았다고 했다. 누님 말에 의하면 어느 날 밤엔 숨이 끊어진 줄 알고 한구석으로 밀쳐놓고 잠들었는데 아침에 보니 살아있더라고 했다. 워낙 병치레가 심해서 젖도 잘 먹지 않았기 때문에 나에게 먹일 젖을 두 살 터울의 열이 형에게 대신 먹였다고 들었다. 형들은 그런 과거가 남아 있어서 그 이후로도 내가 먹을 젖을 열이 형에게 많이 착취당했다고 농담을 하곤 했다. 아마도 사람의 명은 타고나는 것일까. 숱한 세월 살아오면서 자주 느끼지만 생명의 끈질김이 놀라울 따름이다.

아무튼 홍역의 후유증으로 인해 한쪽 눈을 실명하여 군대도 못 간 어정잡이지만 꽤나 별나게 자랐던 기억이 난다. 하지만 나는 군대에 못 간 것을 매우 아쉽게 생각하고 있다. 흔히들 날더러 2~3년이란 세월은 벌었다고 말하지만, 나는 그 세월이 일생을 두고 보면 또 다른 사회나 또 다른 조직생활에서 얻을 수 있는 경험이나 기회가 되었을 것이라고 생각한다. 그리고 그건 결코 헛된 것이 아니라고 생각한다. 특히 거칠고 수단방법 가리지 않는 강한 정신력을 한창 나이에 체득한다는 건 기회가 아니겠는가.

각설하고 내가 5~6세 무렵, 열이 형과 함께 어른들 눈을 피해 뒷마당에서 작두로 풀 자르는 장난질을 하다가 오른 손등을 뼈가 들어날 만큼 베인 적이 있다. 3㎞가량 떨어진 면 보건소까지 어머님이 둘러업고 가서 꿰맸다. 그때는 마취 주사도 없었다. 바늘은 어찌 그리도 굵은 바늘로 꿰매는지, 좌우간 장골 네 명이 잡고 꿰맸는데 흘린 피가 우물 물 퍼 올리는 깡통으로 거의 한 통은 될 정도였다. 그러고는 2차 치료도 없이 그냥 지내다 보니 꿰맨 자리가 어느새 아물었다. 잠결에 근지러워서 긁다 보면 실밥이 저절로 터져서 빠졌고 언제 나았는지도 모르게 다 나아 있었다.

7~8세쯤인가, 어른들 한창 겨울 김장을 하고 있는데 또래 친구

와 낫을 들고 칼싸움 장난질을 하다가 콧잔등이 쩍 벌어질 만큼 베였다. 마침 군의관이던 형님 친구 분이 휴가를 나와서 우리 부모님께 인사차 들렀는데 그 광경을 보고 응급처치를 잘해 주셨다. 덕분에 코는 다행히 큰 흉터 없이 보존하고 있지만, 상당 기간을 붕대로 감고 지내다 보니 음식을 먹지 못해서 돌감 홍시로 연명하다시피 했다. 그러다 보니 이듬해 봄에 빈혈이 와서 마루에서 죽담 아래로 떨어져 정신을 잃은 적도 있었다. 깨어 보니 놀라서 쳐다보는 동생에게 부끄럽기만 했을 뿐 누구에게 입도 벙긋 못했다. 그때 그 시절은 그저 안타까움의 푸념일 뿐, 그때는 너나 할 것 없이 요즘 같은 호강이나 호식은 없던 시절이었다.

그렇게 유별나게 유·소아기를 거쳐 초등학교를 입학했다. 호적에 한 살 늦게 올리는 바람에 다른 동갑내기들보다 한 해 늦게 입학했으나 키는 제일 앞줄에 설 정도로 작았다. 그러다 보니 반 친구들과 다툼이 잦았다. 내가 싸움을 먼저 건 적은 없었지만 내 키가 작다 보니 얕잡아보고 자꾸 건드렸다. 지기 싫어하는 성품이다 보니 자연 싸움이 잦았으리라. 그러나 그런 다툼도 3~4학년 무렵까지였지 그 이후로는 나에게 덤비는 친구는 없었다.

초등학교 시절은 무난했다. 3학년 담임 전○철 선생님에게서 어린 가슴에 이겨내기 벅찬 두어 번의 깊은 상처를 받았던 것 말고는 크게 혼난 일도 없다. 숙제를 안 해서 벌을 서거나 벌 청소는 더러 했어도 성적은 다섯 손가락 안에서 벗어난 일이 거의 없었다. 반장은 한 번도 못 해 봤지만 분단장은 여러 차례 할 만큼 나름대로 선생님의 귀여움을 받는 학생이었다. 다만 3학년 때 육성회비를 제때 못 내서 쫓겨난 일이 두어 번 있었다. 통신표의 생활기록부에는 싸움이 잦고 복장이 불결하다고 적혀 있어서 불량학생 취급을 받았지만 결코 불량학생이었다고는 생각하지 않는다. 아마 전○철 선생님의 눈에는 불량학생으로 비쳤던 모양이다. 4학년 올라가서는 전교 4학년 이상 아이들을 대상으로 아이큐 검사를 했는데, 그 시험만큼 어려운 시험은 처음 쳐 봤다. 나는 평소 암기 과목은 어려워했지만 산수 시험만큼은 빨리 끝냈고 틀리는 경우도 거의 없었다. 그런데 아이큐 시험은 문제도 많았지만 좌우간 시간이 모자라 끝까지 남아서 풀어도 결국 다 풀지 못했다. 그런데 어느 날 선생님께서 내가 아이큐 검사에서 전교 1등을 했다고 귀띔해 주셨다. 사실 그때는 아이큐 검사가 뭔지도 확실히 몰랐지만 기분은 정말 좋았다. 그 선생님은 5학년 새 학기 반 편성 때 2반에 편성된 나를 자기가 맡은 1반으로 데려갔다. 그러나 하루도 지나기 전에 2반 담임으로 배정되어 오신 오○병 선생님이 그 사실을 알고는 도로 2반으로 데리고 갔다. 그리고 나의 5~6학년 담임 선생님이 되셨다. 그런데 정의로웠던 오 선생님은 교감 선생님 눈 밖에 나서 6학년 초에 다른 학교로 전출 가셔야 했다. 그리고 후임으로 오신 조○우 선생님께서 6학년 담임을 맡아 주셨다.

전○철, 오○병, 조○우 세 분의 선생님은 내게 가장 많은 영향을 끼치신 선생님이셨다.

먼저 전○철 선생님, 그 선생님은 내가 기억하는 거라곤 두 가지

밖에 없다. 선생님은 3학년 초 첫 수업시간을 맞아 우리들에게 장래의 꿈이 뭐냐고 물으셨다. 내가 손을 번쩍 들고 대통령이 되고 싶다고 말했더니 그런 꿈 말고 다른 꿈을 말해 보라고 해서 얼마나 창피했는지 모른다. 그때 어떤 아이는 요새는 꿈이 안 꾸어진다고 말했다가 골마루에서 벌을 서기도 했다. 사실 꿈이 뭔지 그 개념조차도 확실히 몰랐던 천진난만한 어린 꼬마들이 농담을 했다고 치고 분위기 좋게 웃어넘기지는 못할망정, 무시하고 무안을 주다니. 적어도 선생님이라면 자상하게 설명을 해 주거나 꿈을 이루기 위해서는 열심히 공부해야 된다며 격려해 줄 수도 있었다고 생각한다. 가르침이란 지식 전달만이 아니라 꿈을 꾸게 하는 것이라 하지 않던가.

한 번은 쉬는 시간에 학급친구와 싸움이 벌어진 일이 있었다. 덩치가 커서 코끼리라는 별명을 가진 친구가 짱구가 심하다고 나를 초배기라고 놀려서 싸움이 벌어졌던 것이다. 그 친구는 코피가 났고 난 겉으론 멀쩡했다. 하지만 내가 받은 충격 역시 상당한 것이었다. 그런데도 수업시간에 총채로 정수리를 또닥또닥 몇 십 대나 맞았는지 모른다. 아마 내가 울기라도 했으면 덜 맞았을지 모른다. 그러나 그 친구는 아무 벌도 안 주고 나에게만 그러니 너무 억울해서 오기도 생겼고 친구들 보기에 창피해서 끝까지 울지 않았다. 그렇게 실컷 때려놓고도 모자라 '나는 싸움쟁이입니다'라고 쓴 팻말을 등짝에 붙인 뒤 다른 반 교실을 모두 돌며 선생님들에게 확인도장을 받아오라고 했다. 사실 그 이후로도 들키지 않았을 따름이지 친구 간의 싸움은 자주 있기 마련이었다. 그러면서 성장해

가는 그 또래 아이들의 특성일 것이다. 그에 대한 지나친 체벌은 상처만 영원히 남길 뿐 선생님이 꾀하는 대로의 교육이 이뤄지지는 않을 것이다. 동물왕국의 서열 싸움처럼 아이들의 싸움 또한 자연스럽게 스스로 해결될 것으로 보고 기다려 주는 자세가 필요하다고 본다.

그리고 오○병 선생님, 그분은 키는 작았지만 남다른 열정으로 '운동제일, 건강제일'이라는 급훈을 걸고 자비로 축구공을 사 오셨다. 방과 후나 체육시간에 축구를 가르쳐 주셨고 축구 시합도 했다. 씨름도 가르쳐 주셨고 반에서 미꾸라지도 키우게 해 주셨다. 직접 작사·작곡한 노래도 가르쳐 주셨는데 그 노래는 아직도 기억하고 있다. 운동을 마치고 나면 손수 물을 길어다 놓고 땀을 씻겨 주시며 그 귀하던 눈깔사탕을 나누어 주시기도 했다. 유난히 주산을 열심히 가르쳐 주셔서 주산으로는 6학년과 시합을 붙어도 5학년인 우리가 항상 이겼다. 특히 나는 주산이나 암산을 잘해서 거의 톱이었고 선생님의 칭찬과 귀여움을 많이 받았다. 덕분에 아버지는 동네 사람들에게 자랑할 거리가 하나 느셨다. 동네 형님들은 주판으로, 나는 손바닥 주산, 즉 암산으로 경쟁을 붙이기도 하셨다. 그런데 답이 일치할 때가 거의 없었다. 요즘처럼 문제집도 없이 구술로 마구 쏟아낸 수치다 보니 정답을 알 수도 없었고 따라서 승자도 가릴 수 없었다. 그러나 아버님은 매우 좋아하셨다. 요즘이야 주산이 필요 없는 세상이지만 그 당시에는 은행이나 그 외 많은 분야에 주산이 많이 쓰이던 시대라 아버님의 눈에는 퍽이나 대견스럽게 보였던 것 같다.

선생님은 교과 학습에도 열정이 대단해서 6학년 때는 '정신봉(精神棒)'이라고 칭하는 긴 몽둥이를 만들어서 교실 벽에 걸어놓고 가르칠 만큼 의욕적인 선생님이셨다. "정의는 권력보다 낫다"라는 말과, "내 사전에는 불가능이란 없다"라는 말을 좋아하셨고 이 말들을 한 두 영웅들의 전기도 열심히 들려 주셨다. 그런데 그런 선생님에게 지금도 가슴에 깊이 남아 있는 두 가지의 부끄러운 사연이 있다. 그 하나는, 학예회 때였다. 내가 맡은 역할이 대사가 많은 역할이라 다 외우지도 못했을 뿐더러 설정대로 한복두루마기를 입어야 하는데 나만 준비를 못했다. 급하게 선생님의 와이셔츠를 두루마기 대신 입고 연극을 했다. 정말이지 어린 가슴에 선생님께 죄송했던 마음 아직도 생생하다. 또 하나는, 교감 선생님의 교사(教唆)에 의해 오 선생님을 쫓아내자는 스트라이크를 일으켰던 사건이다. 사실 정신봉으로 맞아본 일도 없었거니와 그저 상징적 의미로 걸어둔 것뿐이었다. 그런데 그 정신봉을 없애라는 구호와, 그리고 특별활동으로 축구 등 운동을 할 때는 여학생들은 일찍 하교시킨 일이 더러 있었던 걸 두고 남녀차별 말라는 구호 등을 내세워서 오 선생님에게는 수업을 못 받겠으니 물러가라는 내용의 문구를 작성해서 교장 선생님께 제출했었다. 등교 시간을 이용해 여학생들 몰래 남학생 대부분의 서명과 인장을 받은 서류였다. 그래놓고 소풍을 자주 가던 작천정으로 도망가 버렸다. 수업시간에 놀러가서 도시락이나 까 먹자는 생각이었던 것 같다. 오○병 선생님이 싫거나 꼭 바꿔야만 한다는 절박함은 손톱만큼도 없었던, 그저 어린아이들의 철없는 행동이었다. 물론 여학생들은 교실에 남아 대성통곡 울기만 했고 뒤늦게 알게 되신 선생님은 작천정까지 달려오셨다. 그때 나를 포함한 3명에게만 처음이자 마지막으로 정신봉 맛을 보이셨다. 그때 선생님의 눈에 비친 눈물을 잊을 수가 없다. 오 선생님은 부산 동래초등학교에서 교직생활을 정년퇴임하신 걸로 알고 있다. 아무튼 철 모르는 우리들의 행동을 반성하고 후회도 많이 했었다는 마음을 전해드리고 싶은 심정으로 이 글을 쓴다.

오 선생님의 후임으로 오신 조O우 선생님은 웃는 모습이 인자한 분이셨다. 우리들에게 중용의 덕을 가르쳐 주셨고 진학을 못하는 아이들을 배려해서겠지만 중·고등학교에서나 배울 수 있는 외국동요, 민요, 가곡 등, 심지어 영어로 된 원곡까지도 가르쳐 주셨다. 가정방문 때 나의 부모님으로부터 진학을 못한다는 사실을 들으셨으면서도 내가 진학 반에서 공부하도록 어린 자존심을 배려해 주셨다. 그러나 각자 목적을 위해 열심히 공부하는 아이들에게 밀려 처음으로 10등 아래로 처져 버리기도 했다.

두 분 선생님은 공부도 공부지만 아이들의 미래를 함께 생각했던 좋은 스승님으로 기억되는 선생님들이셨다. 내가 성함을 기억하고 있는 선생님은 앞의 세 분 선생님밖에 없지만, 교육자란 한 그루의 사과나무를 키우는 농부라고 가정했을 때, 열매는 생각하지 않고 잎만 바라보는 질소비료 같은 선생님도 있을 테지만 복합비료와 같은 좋은 선생님들이 대부분일 거라고 생각한다. 그러나 두 분 선생님처럼, 진정 훌륭한 교육자란 더 멀리 내다보는 퇴비 같은 선생님이 되어야 한다고 생각해 본다. 교육의 목적이 지식의 습득만이라면 요즘 같이 좋은 세상에는 자습이나 독학으로도 얼마든지 할 수 있을 것이다. 그래서 드는 생각이지만, 교육 공무원만큼은 성격 테스트를 해서 뽑으면 어떨까 싶다. 그럴 만큼 교육자의 사회적 책임과 영향력이 매우 크다고 생각하기 때문이다.

아무튼 나의 6년 동안의 학창생활에서 상이라고는 오○병 선생님이 담임이셨을 때, 그러니까 5학년 때 딱 한 번 받아 본 개근상이 전부지만 그 시절의 추억만큼은 너무나 많다. 학교 오가는 길에 풀을 엮어서 사람들이 걸려 넘어지게 하는 건 약과였고, 구덩이를 파서 똥이나 오줌을 싸 놓고 나뭇가지와 풀로 함정을 만들어 놓고는 멀리 숨어서 누군가 빠지는 모습 지켜보다 다리야 날 살려라 도망가기도 했다. 남의 밭 무를 빼 먹다가 들켜서 지름길 놔두고 먼 길 둘러 다니다가 지각하는 일도 다반사요, 개가 뒤가 붙었다고 고무신에 물 담아 들고 따라다니기도 했다. 우리 마을과 학교의 통학 거리가 멀다 보니 학교를 농땡이 친 일도 한두 번이 아니었다. 시계가 없던 시절이라 하교시간을 맞추려고 평평한 땅에 막대기를 꽂아 놓고 그림자 위치를 어림잡아 하교를 하곤 했었다. 하루는 아버님이 나를 불러놓고 "너 오늘 학교 안 간 것 다 안다. 아버지는 멀리 있어도 다 알고 있을 뿐더러 너 이마에도 다 쓰여 있다. 이번에는 용서할 테니 앞으로는 절대 그러지 마라"라고 하셨다. 그 이후로는 한 번도 농땡이를 치지 못했던 어수룩한 아이였다. 여름방학이면 오전에는 주로 소똥을 주우러 가는데, 새끼줄로 만든 공으로 축구시합도 하고, 소꼬리를 뽑아 파리를 묶어서 잠자리 낚시도 하고, 돌치기, 땅 따먹기, 자치기, 그네뛰기 등을 하며 놀기 바빴다. 정오 무렵이면 저수지에서 헤엄치며 땀도 씻고, 못 먹던 시절이라 배 꺼진다고 어른들의 잔소리를 들었을 만큼 그 시절의 놀이는 매우 활동적인 놀이였다. 반면 요즘 아이들은 좋은 환경 속에 자란다고 생각될지 몰라도 어찌 보면 불쌍하다. 어린 나이에 놀이보다는 공부에만 너무 애쓰는 것 같다. 어릴 때는 놀이에서 신체발달은 물론 사회성도 길러지는 게 아닐까 싶다. 그래서 드는 생각인데, 교육제도를 확 바꿔 버리면 어떨까 싶다. 이를테면, 홍등가를 강제로 없앴듯이 학원을 강제로라도 전부 없애버리고 그 대신 공교육 제도를 한껏 육성해서 예체능 및 특별한 과목 외에는 학교에서만 교육을 받도록 하는 건 이뤄질 수 없는 걸까. 왜 홍등가의 단속은 되는데 몇 배로 중요한 교육제도는 못 바꾼단 말인가.

하지만 그 당시만 해도 환경이 워낙 열악하다 보니 놀이가 매우 위험했다. 예를 들면, 새끼로 엮은 공차기 하다가 돌을 잘못 차서 엄지발톱이 빠져 고생했는데 그건 나뿐만이 아니라 누구나 종종 겪는 일이었다. 그러나 부모님께 혼날까 봐 말도 못하고 혼자서 감당해야 했다. 그리고 숨바꼭질하다가 똥통에 빠져서 죽을 뻔한 친구도 있었고, 그네뛰기를 하면서 높이 올라가기 경쟁을 하다가 공중에서 떨어진 친구도 있었는데 우리는 죽은 줄 알았다. 다행히 한참 후에 깨어났는데, 어른들이 피가 흐르는 뒤통수에 된장 한 덩이를 바른 뒤 속옷을 찢어 동여매어 주고는, "피를 흘렸으니 죽지는 않겠다"면서 그것으로 응급처치가 끝이었다. 그렇게 짐승처럼 자라도 용케 이겨내고 성장하는 걸 보면 결코 약하지 않고 질기고 질긴 인간의 목숨일진데, 눈에는 보이지도 않는 각종 바이러스에는 무책(無策)인 걸 보면 풍진 세상 암투와 음모와 술수가 판을 치는 세상살이의 이치 또한 그러한가 싶기도 하다. 특히 정치하는 사람들을 보면 그런 생각이 든다.

각설하고, 오후 나절에 소 먹이러 갈 테면 뱀 잡아서 단 불에 구워 먹었는데 그 맛이 정말 좋았다. 다 타버려 숯이 된 고기도 서로 차지하겠다고 서두르다 보면 입 주위가 검게 되어 서로 쳐다보며 한바탕 웃어젖혔다. '고생 놀이'라고 하는 레슬링과 흡사한 놀이가 있었는데 시간 제한 없이 '고생'이라고 할 때까지, 즉 항복할 때까지 조르고 누르고 뒹굴며 노는 놀이였다. 나는 특히 고생 놀이에 강해서 2대 1로 붙을 정도로 상대가 없었다. 그렇게 정신없이 놀다 보면 소는 고삐에 매어놓기 일쑤였다. 그럴 때는 가끔씩 옮겨줘야 되는데 그조차 깜빡 잊어버리고 놀다 보면 소 배는 등가죽에 붙어 있었다. 어른들께 혼날까 봐 억지로 물배라도 채워 보려고 물 먹으라고 고함치고 때려 봐도 똥만 싸 버리고 나면 배는 더 홀쭉해졌다. 말 못하는 짐승도 먹으라고 팬다고 제 먹기 싫은 걸 먹지는 않는데 하물며 아무리 어린아이라도 완력으로 다스리기보다는 제 스스로, 혹은 배고픈 욕구에 맡겨보는 게 나을 것이다. 요즘 젊은 엄마들의 자식 밥 먹이는 습관을 한 번쯤 바꿔보는 건 어떨까 싶다.

어린 시절 여름밤의 빼놓을 수 없는 추억 중에, 누나들 멱 감을 때 벗어놓은 옷을 훔치다 혼났던 일도 있다. 우리 마을 뒷거랑은 무서운 곳이라 주로 남자들이 멱 감는 곳이었고 앞거랑의 보(洑)가 여자들이 멱 감는 곳이었는데, 그때 장난으로 옷을 훔쳤다가 된통 혼났던 것이다. 이제 그것도 추억이 됐다.

겨울방학이면 팽이치기, 연날리기, 제기차기, 스케이트 타기 등을 하며 놀다 보면 손등이 갈라져서 피가 나기 일쑤였다. 그러면 소죽 끓인 물에 불려서 거칠거칠한 돌멩이로 문질러 때를 벗겨내고 요강에 받아 놓은 오줌을 바르고 나면 좀 나아지기는 했던 것 같다. 어느 날 얼음을 타다가 신발이며 옷이 젖어서 불을 피워놓고 말리고 있었는데 회오리바람에 불티가 날아 산불이 크게 났다. 골짜기에서 붙은 불씨가 노루 뛰듯이 홀쩍 홀쩍 유난히 위쪽으로 빠르게 옮겨 붙던 광경은 지금도 눈에 선하다. 그야말로 산 정상까지 눈 깜짝할 사이였다. 그렇게 엄청 큰일을 저질렀지만 그때는 누가 불을 냈는지조차 밝혀내려고도 않았고 그냥 예사로 넘어갔던 것 같다. 나는 그 엄청난 일을 저질러 놓고도 죄의식을 가지기는커녕 무서운 줄도 몰랐던 철부지였다. 마치 무용담인양 떠벌리기까지 했다. 잡혀 가면 감옥살이할 거라는 말을 듣고서야 입도 벙긋 않게 됐다. 그런데 지금도 가끔 등산이라도 갈 테면 쌓인 낙엽을 보면 불을 질러보고 싶은 충동을 느낄 때가 있다. 참으로 아이러니한 일이 아닐 수 없다.

청소년기를 같이 보낸 동무들과의 추억 또한 너무나 많다. 이를 테면, 우리 앞집에 '비호'라는 이름의 수캐가 있었는데 그놈은 이름과는 달리 덩칫값도 못하고 사냥도 할 줄 모르는 겁쟁이라 노루를 만나면 겁먹고 도망치는 순한 똥개였다. 하루는 그 개의 주인이었던 친구가 그놈의 고추를 어떻게 한참을 만져주니까 갑자기 친구에게 확 달려들어 오줌인지 뭔지 허연 듯 누런 액체를 물총처럼 뿜어냈다. 그걸 보며 배창자가 터질 만큼 웃었던 기억이 있다.

별짓을 다 하면서도 키가 나만큼이나 작은 광주라는 친구와 키 큰 만근이, 나 셋은 진학 못한 서러움이 통했는지 밤마다 천자문 공부를 한답시고 열심을 다하기도 했다. 열심히 하자며 며칠마다 한 번씩 자체 시험을 쳐서 성적이 제일 낮은 사람이 벌칙으로 군것질거리를 책임지기도 했다. 그나마 먹을 것이 흔한 겨울철이었지만 기껏해야 고구마, 홍시, 무 정도였다. 어쩌다 옥수수 뻥튀기라도 만나면 천상의 군것질로 여기던 시절이다 보니 간식을 가져오는 것도 식구들 눈치가 보였다. 그 때문에 공부를 끝까지 이어가지 못하고 중도에 집어치운 건 아닌지 모르겠다. 그리고 유독 한 사람만 벌칙을 받게 되었던 것도 한 원인이 아닌가 싶다. 짧은 동안이었지만 그때 한 공부가 내 한문 실력의 밑바탕이 되었다고 생각한다. 지금은 둘 다 저 세상에 먼저 갔지만 사무치는 친구들이다.

그 당시 밤의 문화는 닭 서리, 수박 서리, 사과 서리, 배 서리 등

도가 지나칠 정도였다. 거의 도적질에 버금가는 짓들을 했다. 그나마 어른들의 인심은 남아 있어서 심한 행동들이 용인되었을 따름이지 욕은 바가지로 들어먹었다. 동네 누나들 연애질을 노랑 신문(마을 게시판)에 내겠다고 겁줘서 삶은 계란을 뺏어 먹는 재미도 있었다. 그때야 어느 마을이나 마찬가지였겠지만 우리 마을 역시 꽤나 보수적인 마을이었다고 들었다. 예를 들면, 도둑질하다 걸린 어떤 이는 멍석말이로 동네 매를 패서 마을에서 추방시킨 일도 있었고, 바람난 처녀는 동네 물든다고 쫓아낸 일도 있었다고 들었다. 그런데 8·15 해방의 기쁨도 채 가시기 전 6·25 전쟁까지 격동의 시기를 거치고 미군까지 주둔하게 되면서 서양 문물이 빠르게 확산되었다. 그것이 젊은이의 윤리와 도덕관에 많은 영향을 주지 않았나 싶다. 내 기억으로 우리 마을과 가까운 연봉 마을의 양복장이란 곳에 미군이 주둔하고 있었다. 공휴일엔 사냥하러 나오는 미군들을 따라다니며 미깡(귤)이나 껌을 얻어먹기도 했다. 어느 날은 윗마을에서 미군 한 명이 뻣뻣한 자기 성기를 잡고 밭 매러 가는 아줌마 뒤를 따라 가는 걸 보고 동네 사람들이 삽이랑 곡괭이를 들고 쫓아낸 일도 있었다고 들었다.

아무튼 그 시절에는 아낙네들이 평소 젖무덤은 물론 젖꼭지까지 저고리 아래로 들어 내놓고 다녔다. 그리고 여름이면 남자들의 일복 또한 팬티도 안 걸친 위에 삼베바지만 입고 다니다 보니 남자의 물건이 덜렁덜렁 비치기 마련이었다. 특히 풀 먹인 새 옷은 더욱 심했다. 만약 요즘 그런 옷을 입고 다닌다면 당장 퇴폐사범으로 몰려 처벌을 받을 것이다. 그러나 복장으로 인한, 소위 성폭행

따위는 없었던 걸로 기억한다.

 그리고 그 당시 농촌에 살았던 이들은 누구나 다 한 번쯤 경험했겠지만, 겨울이 되면 초가집 처마에서 잠자는 참새를 잡아 구워 먹거나 죽을 쑤어 먹는 재미가 쏠쏠했다. 그래서 밤이면 새를 잡으러 다니는 날이 허다했다. 특히 납월이라고 하는 음력 섣달이면 참새고기 맛이 제일 좋다 하여 많이 잡아먹던 풍습이 있었다. 조그만 참새 한 마리로 몇 명이 나눠 먹던 그 맛은 지금도 잊을 수 없다. 그만큼 참새 잡기가 쉽지가 않았다. 어느 날은 우리 집 대밭에 참새가 많이 날아와 밤을 샌다는 걸 알고 깊은 밤에 친구와 같이 대나무를 심하게 흔들었지만 떨어지기는커녕 어두운 밤하늘을 잘도 날아가 버렸다. 생각해 보면 그 참새들이 얼마나 욕을 하며 날아갔을까 싶다. 아무튼 겨울철에 참새를 많이 잡아먹어야 이듬해 참새로 인한 농사 피해를 덜 입기 때문에 참새를 잡으러 다닐 때면 남의 집도 제집 드나들듯이 아무런 의심받지 않고 드나들 수 있었다. 그러던 어느 날 제사 모시려고 준비해 놓은 따끈따끈한 시루떡을 반티 채로 서리했다. 이튿날 주인 아주머니는 세상 욕이란 욕은 다 끌어다 퍼붓다가 나중에는 아들이 없으니까 얕보여서 그런 꼴을 당했다고 울며불며 신세타령까지 했다. 생각해 보면 정말 못할 짓을 했던 것 같다. 닭 서리는 일 년에 한 번 있을까 말까였지만 항상 이웃마을로 원정을 간다. 그런데 닭 잡는 기술이 서툴다 보니 닭들이 놀라 꽥꽥 소리를 질러 대는 바람에 잠자던 주인 내외가 깨어나 고함을 지르자 방에서 못 나오게끔 문짝에 지게 작대기를 받쳐서 밀고, 또 한 패는 닭을 잡아 우리 마을과는 반대 방향으로 도망을 쳐서 어느 마을 아이들인지 모르게 얕은 수를 부리기도 했었다고 들었다. 나도 사과 서리, 배 서리, 수박 서리, 밀 서리, 고구마 서리 등에 더러 함께했다. 처음에는 심장 소리가 귀에 들릴 정도로 무섭고 긴장되지만 한두 번 하다 보면 배짱이 생기고 죄책감에서도 벗어나게 되어 차차 베테랑이 되어 갔다. 다소 경비가 심했던 사과 서리나 배 서리도 친구들과 함께라면 개가 짖으며 쫓아와도 겁나지 않았다. 강력한 무기인 돌멩이가 있었고 급할 땐 서리한 사과나 배도 무기가 되었으니까. 그리고 피 끓는 청춘들에게는 개도 함부로 덤비지 못했던 게 아닌가 싶다. 그래서 우리는 젊음을 그리워하는지도 모르겠다.

아무튼 몹쓸 짓이 지나치다 보니 예나 지금이나 어른들의 흔한 잔소리인, 세상이 말세라는 둥 요즘 젊은 놈들 운운하며 세상 많이 변했다는 말을 많이 들었던 것 같다. 그러나 예나 지금이나 십대 후반의 젊은이들의 생태는 시간이 해결해 주는 수밖에 없지 않나 싶다. 고대 이집트의 유적에도 '요즘 젊은이들은 문제가 많다'는 내용의 글이 쓰여 있다고 하지 않던가.

그렇게 커 가면서 한편 낭만도 있었다.

십오야 달 밝은 밤에 고구마 밭에 눌러앉아
둥근 것은 깎아 먹고 긴 것은 옆에 차고 하는 적에

어디서 으흠 하는 소리는 남의 애를 끊나니

고구마 서리해서 잔디에다 쓱쓱 문질러 한입 베어 먹고 시 한 수 읊어가며 깔깔대고, 또는 수박 서리해다가 주먹으로 박살내어 배부르게 먹고 나면 금방 꺼질망정 만석꾼이 부럽지 않은 행복감을 맛볼 수 있었다. 그리고 그때는 방귀도 어찌 그리 많이 뀌는지, 시원스럽게 한 방 뀌고 나면 "잘 나왔다. 내 방귀 시원하다 내 똥구녕 이제 가면 언제 오나 보리밥 먹고 또 오마." 이렇게 한바탕 깔깔댔다. 또는 단체로 핸드플레이, 즉 자위행위를 할 때면 빨리 쏘기 내기도 하면서 "풀잎에 말라붙어 죽어가는 대한의 아들딸들이여 애비 원망 말고 어미 없는 탓이로다." 이렇게 깔깔 대고 놀다 보면 자정을 훌쩍 넘기기 일쑤였다.

그리고 그 즈음에, 그러니까 내 나이 18세 되던 해에, 또래 친구 11명이 뜻을 모아 보리쌀도 아닌 겨우 보리 한 되씩을 거둬서 친목회를 결성했는데 그 모임이 어언 50년이 훌쩍 넘었다. 그간 소식이 끊어진 친구 한 명과 세상 먼저 떠나버린 친구 네 명을 제하고 남은 여섯 명과 각각의 부인까지 열두 명이 일 년에 두 번씩은 어떤 형식으로든지 만나서 회포를 푼다.

그 무렵을 회상하니 선동 형의 이야기를 하지 않을 수가 없다. 나이는 나보다 두 살 많은 열이 형의 친구였지만 열이 형이 객지에 나가고 없다 보니 나와는 친구 이상으로 가깝게 지낸 사이였다. 또 나에게 자위행위를 처음으로 가르쳐준 친구이자 형이다. 아까운 나이에 요절했지만 큰 키는 아니어도 기골이 당차고 성정이 용감해서 수박 서리 정도는 혼자서 해 치우곤 했었다. 어느 날은 원두막 지키는 노인네가 형의 기척에 잠이 깨어 "거 누구요!" 하고 플래시를 비추자, 소리 지르면 죽여 버리겠다고 겁을 주었단다. 그랬더니 노인네가 줄기는 다치게 하지 말고 수박만 조심해서 따 가라고 하더란다. 생각해보면 앞뒤 가리지 못하는 피 끓는 젊은이가 무슨 짓을 저지를지 모를 일이고, 또 수박 줄기를 다치면 더 많은 피해를 입을 것이니 그랬을 것이다. 나아가 수박 한두 덩이쯤 나눠 먹는 여유랄까. 아무튼 늙은 쥐가 독 뚫는다고 세상 많이 살아본 이의 지혜가 아니었겠나 싶다.

그때 그 시절엔 천지가 놀이터였지만 청년들이 즐길 만한 놀이 문화는 거의 없었다. 배고픈 농경사회이다 보니 낮에 일하고 밤이면 서리가 범죄가 아닌 일종의 놀이가 되었던 셈이다. 밤은 친구들과 어울려서 자유를 만끽할 수 있는 젊은이들만의 특권이었다. 특히 밤이슬 젖어드는 여름밤의 추억은 더욱 그리운 추억들이기도 하다.

이른 봄이면 공터나 논바닥에 가설극장을 세워서 밤 시간에 상영하던 영화 관람은 간혹 있는 보너스 정도였고 광복절에 각 마을 대항으로 벌어지는 체육대회는 어른들까지 어울리는 큰 행사였지만 의미가 좀 달랐으며, 청소년들은 기껏해야 정월 대보름을 기점으로 음력 2월까지 각 마을마다 벌어지는 연극이나 콩쿠르 대회가 밤 시간에 모여서 즐기는 유일한 문화 행사였다. 그런데 통신이

발달하지 않은 그 시절에 어쩜 그리도 용케 행사가 있는 걸 알아 내는지 어김없이 얌전한 선남선녀들이 성황을 이루었다.

그곳은 뜨거운 피와 정열이 불타는 곳이기에 온갖 에피소드가 발생하기 마련이었다. 예를 들어, 동무들끼리 놀러온 아가씨들 뒤 쫓아서 젖가슴을 만지다가 논둑으로 굴러 떨어지기도 하고 도망가다가 살얼음판 논에 빠져버리는가 하면 잡힌 아가씨 팬티를 벗기기도 했다는 이야기도 있었다. 그런데 그렇게나 심한 성추행을 당하고도 이튿날 아무 일도 없는 듯이 쑥 캐러 나왔더라고 했다. 요즘과는 너무나 비교가 되는 부분이다.

그리고 가설극장 뒷편에서는 영화감상은 뒷전이고 별의별 일들이 벌어졌다. 허벅지만 봐도 그놈이 성을 내어 포장을 쳐대는 바람에 주머니에 손을 넣어 그놈을 거머쥐고 다스려야 했던 피 끓는 청춘들이다 보니 화면에 비치는 가벼운 애정행위에도 쉽게 달아오르기 마련이었다. 그래서 비록 어두컴컴한 곳이긴 해도 보는 눈들이 많은 장소인데도 불구하고 차려 입고 온 아가씨의 비로드 치마에다 분출하는 흰 피로 풀칠을 해버렸다는 이야기도 있었다, 아득히 먼 젊은 시절의 추억이 되었지만 어찌 보면 한 인간으로 성장해 가는 과정의 청춘들이 치러내야 하는 또 한 번의 홍역이 아니었을까 생각해본다.

어릴 적 고향의 이야기는 먼 옛적 이야기인데 기억을 더듬으면 내놓을 이야기가 정말 많다. 그리고 행복해지는 추억들이다. 그러나 산천은 의구하다 했거늘 옛적 뛰놀던 곳이나 장소가 완전히 낯

선 곳으로 변해 버렸다. 이를테면 마을 주변 그 흔한 묏등 잔디밭
에서의 아름답고 은밀한 추억들, 주인 없는 공터에서의 고생 놀이
나 공차기 등, 추억은 여전한데 장소들은 이제 그 흔적조차도 찾
을 수 없다. 생각해 보면 고향이란 멀리 벗어날수록 그리운 곳이
아닌가 싶다. 내가 멀리 제주도에 있을 때도 많이 그리웠고 부모님
이 다 돌아가셔서 고향에 정 붙일 일도 없으련만 세월이 멀어질수
록 고향이 그리울 때가 많다. 고향 없는 사람이 있으랴만 특히 고
향을 북에 둔 실향민들의 그리움은 사무칠 것이리라.

　　　양탄자보다 편안한 잔디밭에 누우면

　　　달님이야 있건 말건

　　　별들이 윙크하며 친절히 반겨주는 곳

　　　가끔씩

　　　포물선 그리며 떨어지는 별똥별 쫓으며

　　　상상의 나래 펼치던 그곳

　　　말 잘하는 동무면 어떻고 말 없는 동무면 어떠랴

　　　또

　　　생각 많은 동무면 어떻고 잠 많은 동무면 어떠랴

　　　그저

　　　만나서 어울리고 헤어질 때 잘 놀았다 이 한마디면

　　　그게 정이지 그곳이 정인 게지

나의 부모님,
그리고 나

나의 어머니.

사실 어머님에 대한 아름다운 추억은 별로 없다. 예쁘고 젊은 모습은 기억에 없고 깊게 파인 주름에 밤눈 어두우신 모습만 기억에 남아 있다. 행복했던 기억 또한 특별한 게 없다. 무던히도 고생하시던 모습만 머릿속에, 가슴속에 수없이 남아있다. 찾아 봐도 빛바랜 증명사진 한 장도 남아있지 않은 나의 어머님은 눈도 없고 입도 없는 분이셨다. 그저 묵묵히 일만 하시던 어머님은 이른 새벽에 아버님이 읊어 주시는 천수경이나 금강경을 유난히 좋아하는 귀만 있으실 뿐이었다. 노년에는 보는 자유조차 잃어버린 봉사였다. 비록 눈은 멀어 앞은 보지 못해도 마음의 눈은 멀지 않으셨던, 그래서 몸보다 마음을 더 앓다 가신 어머님이셨다.

당신은 이 세상 무엇 하러 오셨던가요? 9남매의 어머님이 되기 위해 오셨던가요? 아버님의 아내가 되기 위해서 오셨던가요? 평생을 한 남편과 아홉 남매를 위해 희생만 하시다 가신 어머님!

19세 꽃다운 나이에 시집와서 막내 며느리이면서도 시부모를 모셨던 어머님. 친인척 할 것 없이 언제나 덕담만 하시고 남 듣기 싫은 말은 못하시던, 좋은 점만 보시고 나쁜 점은 안 보시던 당신은 자신을 내세우거나 행사하지는 않아도 그 따스함은 봄 햇살 같으셨습니다. 누구를 미워하거나 탓할 줄도 모르시고 오직 희생만이 지고지순한 삶의 가치인양 살아오신 어머님. 우리들은 그런 어머님을 천사라고 말하곤 했지요, 그러나 저세상에서는 천사로 불리지 말고 악마라 불리며 사소서.

시대를 잘못 타고 태어나 아버님이 대놓고 바람을 피우실 때도 원망 한마디 없이 자식들에겐 이리 덮고 저리 묻고 그저 좋은 말씀만 하시던 어머님. 그러나 그 작은 가슴속엔 얼마나 한이 많으시겠습니까? 고추 밭에서 일하시다가 뱀에 물려 후유증으로 앞도 못 보는 장님이 되신 어머님. 수년을 대소변 가리시느라 정간하신 어머님의 마음고생이 오죽했으면 자식들에게 폐 안 끼치려는 일념으로 맛김 봉지에 들어있는 방부제를 모아서 몰래 드시다가 동생한테 들키셨습니까. 떠올리면 가슴이 미어집니다. 돌아가실 무렵엔 치매가 와서 대소변도 편하신 대로 하시고 하고 싶은 말씀도 다 하시던 그때가 어머님 일생에 가장 행복한 시기였을 거라고 이 불효자식은 생각했습니다. 모셨던 동생 내외에겐 미안하지만요. 그러니 어머니시여! 저세상에서는 악마로 사시옵소서!

나의 아버님.

아버님은 문명사회가 아닌 기회가 동등하게 주어진 원시시대에 태어났었다면 아마 무리의 우두머리가 되었지 않았을까 싶다. 여러모로 매우 우월하신 편이다. 키도 큰 편이셨고 골격이나 체격도 좋아 힘도 장사급이셨던 데다 머리도 좋으셨다. 야망 또한 대단하셨다. 상당히 미남이셨고 불의를 보면 참지 않는 불같은 성격이셨지만 정도 많은 분이셨다. 많이 배우지는 못했어도 붓글씨도 명필이었고 한학에도 관심이 많아 마을에서는 유식하고 덕망 있는 어른으로 나름대로 존경을 받았던 분이셨다. 자식들로선 너무나 아쉬운 연세인 71세에 폐암으로 돌아가셨다. 젊은 시절에도 바람을 많이 피웠었지만 특히 환갑 진갑 다 지난 노후에는 자식 중 그 누구도 수용할 수 없는 새엄마까지 얻어서 어머님의 마음을 퍽이나 상하게 하셨더랬다. 4촌 형님들(형님들이래야 나이는 아버지뻘이지만)이 늘 하던 이야기가, 우리 여섯 형제 중 어느 누구도 아버지만 한 자식이 없다는 말을 많이 들었었다. 살아생전에도 존재감이 있는 분이셨지만 사후의 빈자리가 큰 분이셨다. 특히 어머님한테 드리운 그늘이 큰 분이셨다.

부모님은 비록 무형이지만 내 정신 속에 삶의 귀감이 될 만한 좋은 유전인자를 많이 물려주시고 가신 분들이다.

그리고 나.

나에 대한 평가는 객관적 시선에 맡기겠다. 그러니까, 나의 내면은 글에서 보일 것이므로 그에 따라 평가받으면 그만이다. 다만 외면적 특징을 간단하게 서술하자면, 아버님이나 어머님에게 들은 바로는 할아버지를 많이 닮았다고 들었다. 사실 할아버지를 본 적도 없고 느낀 바도 없으니 나로선 모르는 일이다. 얼굴이나 성격은 양친을 반씩 닮았다. 다만 키가 작은 것은 어머님을 닮았다. 체구는 비록 왜소하지만 정력만큼은 아마도 아버지의 유전자를 이어받은 것 같다.

가장이 되다

지금부터 짝을 만나서 하나가 아닌 둘이 되어 한 가정의 가장으로서 지금까지 살아온 디디한 내 삶의 애환이나 흔적들을 더듬어 볼까 한다.

　앞에서도 서술한 바 있지만 내 아내와의 첫 만남은 어설펐다. 그런데 그 누구의 간섭도 없다 보니 그야말로 앞뒤 가리지 못하고 급하게 뜨거워진 철부지였던 건 사실이다. 하지만 주위 분들의 반대 또한 여간 심하지 않았었다. 특히 한글 종씨 형님, 그분은 혈육인 형제보다 더욱 적극적이었다.

　그러나 전보 한 통으로 다시 만난 우리는 또다시 불타오른 청춘들이었다. 그때 나는 대책 없는 빈털터리였고 직장도 의지할 곳도 없는 백수 신세였지만 범천동 골짜기의 산중턱에 살림을 차렸다. 한 번 갔던 집도 다시 찾기가 어려울 만큼 다닥다닥 붙은 달동네의 판잣집 단칸방에서 사랑의 보금자리를 마련한 것이었다. 달리 어찌해 볼 만한 방법도 없었거니와 또다시 헤어질세라, 떨어질세라 조급한 마음에 세상으로부터 환영받지 못하는 동거생활을 시작했다. 우리의 동거 생활에 축복이라도 내린 듯 나 역시 채 일주일도 지나지 않아 새 직장을 얻게 되어 그럭저럭 살림도 마련해 가며 의식주가 해결되었다. 한동안 우리는 서로를 탐닉하며 애틋하고 달콤하며 행복한 밀월의 신혼생활을 만끽했다. 그것은 곧 육체의 향연이었고 영혼의 합침이었다. 또한 신의 축복이었다. 밥상 차려 놓고 기다리는 사랑하는 사람이 있으니 불편했던 눈칫밥에서 해방된 것은 물론이려니와 지저분한 속옷 빨래까지 해결해 주는 사람이 있으니 그야말로 호강이 따로 없었다. 다만 마음 한편에 자리잡고 있는 무거운 죄책감마저 벗을 수는 없어서 마냥 행복해할수는 없었다. 둘 다 늘 큰 짐을 안고지고 마음이 편할 수만은 없었던 것도 사실이다. 그 당시 유행하던 '사랑은 눈물의 씨앗'이란 유행가 가사가 그렇게 와 닿을 수가 없었으니까. 그녀는 그녀대로 형제자매와 특히 무서워하는 오빠며 어머님에 대한 걱정으로 몰래 눈물을 훔쳤고, 어쩌다 같이 술이라도 한잔 할 때면 괴로움에 아우성치며 소리 내어 울 때도 있었다. 나 또한 겉으로 표현을 잘 안 하는 성품이다 보니 말은 못해도 미혼의 두 형님이나 부모님에 대한 죄책감으로 인해 늘 어두운 그림자가 따라다니는 동거였다. 그러나 그 모든 것에 굴복하지 않고 우리의 생활은 이어져갔고 결국 아이까지 낳고 나서 부모님의 허락을 받기까지 4년이 흘렀다. 그동안 부모님의 마음은 또 얼마나 신경 쓰이고 속상하셨을까 싶다. 자식은 부모에게 우환덩어리라는 말이 그냥 생긴 말이 아니리라.

우여곡절 끝에 아버님께서 상견례 형식으로 몸소 부산까지 오셔서 장모님을 찾아뵙고 우리의 결혼을 허락해 주실 때에는 그 얼마나 감격스러웠는지 모른다. 어엿한 부부, 당당한 아빠가 된다는 것이, 그리고 짓누르는 압박감을 벗어나고 싶은 그 마음을, 아마 양가 부모님들도 못지않게 아파하셨을 것이라 생각한다. 그게 부모라는 이름의 숙명이니까. 다행히 내 자식들이 그런 일로 속 썩이지는 않았음에 고마울 따름이다.

모든 인간은 이기적이고 독선적이며 유동적이란 말에 나는 적극 동의한다. 흔히 연인들의 사랑을 아름답다느니 고귀하다느니 표현들 하지만 이 또한 이기적 행동의 본보기가 아닐까 싶다. 로미오와 줄리엣의 사랑 이야기는 물론이려니와 허구이든 다큐든 간에 드라마나 영화 속의 사랑 이야기도 감히 이타적이라고는 말할 수 없지 않을까. 동물이고 식물이고 할 것 없이 모든 생명체는 다 이기적이지 않나 싶다. 하물며 달콤한 꿀을 가진 아름다운 꽃도 자신을 위한 트릭이고 벌과의 짝짓기를 위한 유혹이자 성욕에 다를 바 없다지 않던가.

세상의 모든 행위 자체가 이기심에서 이뤄진다고 봐야 하지 않을까 싶다. 특히 우리 인간이 가장 이기적일지도 모르겠다. 다만 인간이기에 일말의 교육된 도덕적 양심으로 그나마 자신의 행위에 대해 가책이라도 느끼며 살아가는 게 아닐는지.

그 무렵 나의 객지 생활은 안정을 찾고 있었다. 집 나온 지 약 3

년 만에 직장에 출퇴근할 수 있는 몸이 되어 나의 사생활을 가질 수 있었다. 월급도 내 능력에 과분하리만치 받았다. 기사 생활을 한 지 처음으로 월급다운 월급을 받게 됐다. 그 당시 공무원 월급이 1만 원 정도였는데 2만 5천 원을 받았으니 상당한 돈이었다. 하루아침에 어엿한 기술자로 거듭났던 것이다. 직장에서도 쫓겨나고 사귀던 그녀와도 이별을 강요받아 고향으로 쫓겨났을 때만 해도 막막하기만 했던 나였다. 그런데 내 경력이나 기술로는 언감생심 쳐다보지도 못할 행운을 얻게 되었던 것이다.

마침 그 집 기사가 개업을 하게 되어 새로 일할 기사를 구한다는 정보를 곰이란 별명을 가진 친구의 귀띔으로 알게 되었는데, 찾아갔더니 이것저것 따져 보지도 않고 당장 일해 달라며 흔쾌히 승낙한 사장님 덕분에 너무나 쉽게 취직이 되었다. 그런데 막상 하루 동안 일해 보니 내 기술수준으로는 도저히 감당할 자신이 없었다. 처음 다뤄 보는 산소불도 생소했고 일의 양이나 수준이 상당했다. 서면의 모 금방에서처럼 얼마 못 버티고 쫓겨나는 꼴을 당할까 봐 밤새 고민한 끝에 내 기술 수준에 맞는 곳을 찾아보기로 결심을 하고 나니 마음이 가벼웠다. 그러나 아무 말도 없이 그냥 출근을 하지 않는 건 예의가 아닌 것 같아 출근 시간에 맞춰 사장님을 뵙고, 내 기술로는 자신이 없다는 말과 미안하다는 사과의 말을 드리고 다른 사람을 구하십사 말씀드렸다. 그런데 사장님께서는 그럼 딱 한 달만 일해 보고 그만두라며 오히려 부탁하는 투로 대접을 해 주셨다. 기실은 내가 사정을 해야 될 입장인데 의외로 그런 대우를 받은 그때의 감동은 지금까지도 잊을 수가 없다. 그리고 월급도 숙식제공을 받지 않는 점을 감안해서 중간 기술자급 정도만 주서도 나로선 감지덕지하는 상황이었다. 그런데 초일류 급 월급봉투를 받았을 때 또 한 번의 감동을 크게 받았다. 일반적으로 기술자들은 'ㅇ군'이나, 'ㅇ기사'라고 불러주는 정도의 대접밖에 못 받던 시절인데 꼭 '임 선생'이라고 호칭해 주기도 했다. 또한 그 당시만 해도 가히 파격적이랄 수 있는 명절 보너스며 퇴직금까지 주셨다. 그 사장님은 그 당시의 시대 상황으로 봐서 시대를 앞서가는 분이셨고 존경할 만한 분이셨다. 그리고 내 삶의 롤 모델이 되었던 분이다. 기술자라면 누구나 그 집에서 일하는 것을 꿈꿀 만큼 대우 좋기로 소문이 나 있던 집이었다. 그런 줄은 짐작도 못 했던 나로선 하늘에서 떨어진 과분한 축복이었다. 그리고 사실은 내가 그 집에서 버텨낼 수 있었던 것도 내 밑에 일하는 중간 기술자가 나보다 나이가 몇 살 더 많은 자칭 육군 중사출신으로, 조각 따는 기술이 나만 못할 따름이지 불질이며 망치질이며 줄질이며 광내는 실력까지도 나보다 나았기 때문이다. 내겐 행운이었고 신은 잠시나마 나의 편에 있었던 시절이 아닌가 싶다.

기사 생활 1년여 만에 거제리 철도관사 부근 건널목 근처에 목이 좋은 장소에서 김영택이란 친구와 동업으로 금은·시계방을 개업하게 되었다. 그 친구는 우 영감님의 소개로 동래 시장통 모 금방에서 일할 당시 시계 기사로 일했던 친구인데, 어릴 적 소아마비를 앓아 하반신에 심한 장애를 가진 친구였다. 그와 내가 서로 의기투합하여 일을 저지른 것이다. 주 고객은 철도 공무원과 조선견

직 회사원이었다. 거제리 시장통 길목에 있어 유동인구가 많은 꽤 괜찮은 장소였다. 사실 말이 동업이지 금방 수입 따로 시계방 수입 따로 각자 챙겨 가는 각자 도생의 방식이었다. 점포 보증금과 월세 등 지출 부분만 똑같이 나눠서 부담을 했을 뿐이다. 그러나 경험도 없이 금방만 차려 놓으면 일확천금이 그저 생기는 줄 알고, 어서 빨리 돈 벌어서 부모님 도와줄 생각에 들떠 있던 행복했던 순간은 잠깐이었다. 불과 5~6개월 만에 문을 닫고 말았다. 시계방이야 그 당시만 해도 시계 수리 수입이 워낙 괜찮았고 거의 중고품이지만 진열해 놓은 걸 팔기만 하면 현찰이 되어서 문제가 없었다. 하지만 금방은 대부분 모조품을 진열해 놓고 주문 판매를 하던 시절이라 개업 자금은 덜 들어가는 반면 상당액의 운영 자금이 있어야 장사하기가 수월했다. 예를 들어 반지나 목걸이 등 주문을 받으면 대부분 선금은 약 10퍼센트 정도 받았기에 나머지 90퍼센트의 금을 살 돈, 즉 운영 자금이 있어야 했다. 금방 장사는 손님이 팔러 오는 고물 금을 매입하는 것도 장산데 매입할 자금이 없으면 그냥 돌려보낼 수밖에 없었다. 또 생활비며 월세, 개업할 때 둘째 형수에게 빌린 이자도 매우 부담됐다. 당장 기술자로 취직하면 월급이 얼마인데 생각하면 더 이상 마음고생할 이유가 없다는 결론이 났고, 무엇보다 우리 부부가 만난 이후로 그때만큼 많이 격렬하게 싸운 적이 없었다. 정말 힘들었다. 금방이고 뭐고 당장 집어치우고 싶었었다. 흔히들 부부싸움을 칼로 물 베기라 말하지만 우리는 칼로 얼음을 베듯 상처를 남겼다. 그러고도 갈라서지 않았다는 것은 역시 풀리지 않는 미스터리다.

돌이켜 보면 그때만 해도 나의 인생관이나 가치관은 매우 보수적이어서 경제 활동은 남자의 몫이라고 생각하던 때라 누구보다 왕성한 활동력을 지닌 아내더러 집에서 살림만 하라며 가게에는 나오지 못하게 했던 것이 싸움의 결정적 이유가 아니었겠나 싶다. 더욱이 월급을 봉투째 맡기다가 하루하루 생활비를 타 쓰는 신세가 되어 버렸으니 결혼식도 올리지 못한 상태로 같이 살던 아내에게 심적 불안과 그에 따른 스트레스가 없었을 리 없다. 그걸 말이 아닌 행동으로 드러냈던 것임을 진작 알아차렸어야 했었는데….

아무튼 경험 없이 의욕만 앞선 성급한 행동의 대가로 인테리어 비용이며 모조 진열품, 각종 케이스 등 구렁이알 같은 돈만 날려 버렸다. 더구나 세상을 너무 몰라 권리금, 즉 시설비 한 푼 못 챙긴 천치였다.

그때 내가 좀 더 버텨 냈더라면 제법 성공했을 거라는, 그리고 적어도 내가 그 이후로 겪은 삶의 기복은 덜 겪었으리라는 아쉬움은 늘 머릿속에 남아 있다. 그 당시 거제리 일대에서 금방을 하던 사람들이 다들 돈을 많이 벌었고 동업했던 그 친구도 내가 그만둔 이후 따로 금방을 개업해서 꽤 성공했기에 드는 생각이다. 훗날 큰형수님이 내게 한 말이 있다. 자식을 공부도 안 시키고 내쫓았으면 논이라도 한 마지기 팔아서 도와줘야 하는 거 아니냐며, 부모님을 원망하며 나에게 위로의 말을 건넨 적이 있다. 물론 아쉽고 안타까워서 하는 말이었겠지만. 그러나 나는 원망하는 마음은 조금도 없었다. 오히려 부모님께 미안한 마음이 들었다. 어서 돈 벌어서 송아지도 사 드리고 논도 사 드려서 부모님을 돕겠다는 일념으로 급하게 금방을 차렸다가 괜히 아까운 돈만 날려 버렸기 때문이다.

　내가 금방을 그만둔 것을 어떻게 알았는지 금방을 정리하자마자 전에 일했던 금방의 사모님으로부터 일해 달라는 연락이 왔다. 그러나 거절을 할 수밖에 없었다. 왜냐면 이미 거제리 모 금방에서 일하기로 약속이 되어 있었기 때문이다. 그리고 내가 그만둘 때 소개시켜 드린 친구가 일하고 있는 마당이어서 도리나 의리상 그럴 수는 없다고 수차례나 거절을 했었다. 그런데 며칠이 지난 어느 날 사모님으로부터 꼭 한 번 집으로 놀러 오라는 초대를 받고 갔더니 식사와 다과를 대접하고 나서 이미 그 친구는 그만두었다고 하셨다. 현재 기사가 없는 상황이라 장사에 지장이 있다며 하루 빨리 일해 달라며 내가 거절할 수 없도록 만드셨다. 나중에 친구와의 오해는 풀었지만, 아무튼 그 사모님은 10여 년이나 지난 훗날, 그러니까, 내가 범일동 남문시장에서 장사할 당시, 어떻게 소문을 들었는지 축하 차 들렀다가 내 아내에게 임 사장은 너무 착하고 양심이 고와서 꼭 성공할 거라고, 당대에 못 이루면 후손들이라도 잘될 거라는 덕담을 해 주시고 갈 만큼 나를 좋게 봐준 분이다. 세상 살면서 자주 느끼는 바이지만 나는 돈복은 없어도 인복은 제법 타고난 인생인 것 같다.

　그렇게 첫 도전에 실패하고 다시 기사 생활을 하면서 내 생활에 변화가 생겼다. 독서를 참 많이 했다. 그러니까, 1970년 말경부터 1972년 봄까지 1년여 동안은 나의 왕성한 지적 호기심을 마음껏

채웠던 시기이다. 빌린 책, 할부 전집, 각종 잡지, 심지어 바둑 입문서까지 닥치는 대로 섭렵하다 보니 걸핏하면 새벽 3~4시까지 독서 삼매경에 빠졌다. 늦잠 자는 버릇도 그때 생긴 것이다. 그리고 가장 큰 변화는 나도 아빠가 되었다는 사실이다. 부모님이나 미혼인 두 형님들에겐 미안하고 죄송한 일인지라 떳떳하게 축복받지도 못한 채 범일동 매축지의 단칸 골방에서 산파 할머니의 도움을 받아 이루 형언할 수 없을 만큼 심한 산통을 견뎌내며 한 생명이 탄생하는 신비로운 순간을 지켜봤다. 그리고 탯줄을 내가 직접 자르는 귀한 경험도 했다. 지구의 공전궤도는 어디쯤 달려가고 있었는지 모르겠으나 인간이 만들어 놓은 시간으로 1972년 1월 11일 오전 10시경 나의 분신이 태어났다. 나도 아빠가 된 것이다. 큰 변화가 아닐 수 없었다. 그런데 아버지가 되었다는 사실이 왠지 부끄럽고 어색하기만 했다. 연속극이나 영화 장면에서 아기 아버지가 되면 싱글벙글 눈물까지 흘려 가며 좋아하는 모습들을 볼라치면 슬며시 미안한 마음이 들기도 한다.

그토록 적극적으로 나를 스카우트했던 금방은 5~6개월 만에 칠기와 자개농 등 가구 사업으로 전업하여 사장님이 바뀌었다. 바뀐 사장님은 경험 없이 가게를 차렸다가 일 년도 안돼서 폐업했다. 나는 곧 취업이 됐다. 내가 실업자가 된 걸 어떻게 알아냈는지 모 금방 사장님이 내가 사는 집까지 몸소 찾아와 일해 달라고 하셨던 것이다. 그러나 얼마 못 가서 그만두고 말았다. 시다바리 꼬마의 못된 손버릇 때문이었다. 그는 금방 사모님의 친정 조카뻘 되는 자로 나이는 내 또래쯤 되었고 기술도 거의 내 수준에 버금갔지만 손버릇이 아주 못돼 먹어서 나 몰래 고춧가루를 쳐 대는 바람에 내가 의심을 받게 되었다. 그게 싫어서 그만둘 수밖에 없었다. 참고로 고춧가루 탄다는 말의 이해를 돕기 위해 잠깐 부언하자면 세공 기사들끼리 쓰는 비속어로, 순금에다 일정량의 은과 구리를 섞어서 그 중량만큼의 순금을 빼 돌리는 행위로, 대부분의 기사들이 그러는 걸로 알고 있다.

아무튼 그로 인해 금 품질이 나빠질 수밖에 없었고 결국 사장님과 면담하여 전후 사정을 이야기하고 그만두겠다고 말씀드렸다. 하지만 사장님께서 조치를 취하겠다고 해서 다시 마음잡고 일하게 되었는데, 어느 날 금반지 한 개가 없어지는 더 큰 사건이 터졌다. 물론 사장님은 나를 믿는 눈치였지만 도저히 함께 일할 기분이 아니었다. 사장님의 적극 만류에도 불구하고 기어이 그만두고 말았다. 그런데 막상 실업자가 되고 나서 주위를 살펴보니 직장을 잃은 세공 기사가 한둘이 아니었다. 금방 장사 유행이 순금 반지에서 보석 반지와 14~18K 반지로 옮겨갔기 때문이다. 14K 혹은 화이트 골드를 다루는 기사는 금값이 된 반면 순금 세공 기사는 일자리를 점점 잃어가는 추세였다.

나의 기사 생활을 정리해 보면, 한 가지 분명한 것은 내가 두 번씩이나 스카우트 대상이 될 만큼 기술이 뛰어나지 않았다는 것이다. 그저 따라잡기에 급급하여 겨우 흉내만 내는 수준밖에 못 되었다. 다만 고춧가루를 타는 짓은 하지 않았다. 적어도 내가 남의 집 기사 생활을 할 때만큼은 그랬다. 그런데 너무나 부끄럽고 어리석었던 과거사가 있다. 그러니까, 내가 거제리에서 내 장사를 할 때 안 하던 짓을 해 봤다. 그런데 고춧가루 비율이 맞지 않아서 금목걸이가 황금색이 아닌 특유의 푸른색이 비칠 정도로 표가 났다. 그런 제품을 손님에게 팔았으니 이보다 더 어리석은 짓이 있으랴 싶다.

끝난 줄만 알았던 나의 시련은 다시금 혹독하게 찾아왔다. 직장을 호기롭게 그만두고 나니 아무리 둘러봐도 재취업은 가망이 없었다. 설상가상으로 거금 50만 원짜리 낙찰계는 펑크 가 나서 원금의 반의반도 손에 쥐지 못했다. 이런 저런 고심 끝에 내린 결정이 양장 재단사 기술 학원에 등록하는 것이었다. 그 당시 재단사 월급이 꽤 컸다. 양복 재단사도 있는데 왜 하필 양장 재단사를 택했는가 하면, 신진 자동차 운전면허 학원에 다닐 때 학원 강사가 장사나 사업을 하려면 입과 여자를 노리라고 한 말이 생각났기 때문이다. 그러니까, 입으로 먹지 않고는 살 수가 없으니 먹는 장사, 즉 식당이나 물장사(술집) 는 돈이 된다고 했다. 그리고 한 가정의 지출 중 70%가 여자의 손으로 나가니까 여자를 노리라는 것이었다. 그 말에 공감해서 양복이 아닌 양장 재단사를 선택하게 되었던 것이다.

그럼 말 나온 김에 이름도 성도 기억이 없지만 운전학원 강사님에 대한 정리를 잠깐 하고 가야겠다. 그분에게 들은 이야기를 내 아내와 데이트할 때도 한 번 써먹었지만, 아무튼 나는 그때까지만 해도 시집 한 권을 대해 봤던가. 소설 한 권을 읽어 봤던가, 도시로 나온 지 일 년여가 되었건만 영화 한 편을 감상해 봤던가. 참으로 수더분한 시골촌놈이나 다를바 없었다. 그러기에 그분의 강의는 감동이었다. 사실 학원을 3~4일 만에 그만 뒀으니까 3~4차례 들은 게 전부지만 아직까지도 생생하게 다 기억하고 있다. 그분은 나의 훌륭한 스승이자 말문을 트이게 한 분이기도 하다. 오죽하면 제주도로 가출할 때 운전을 못 배우게 된 아쉬움보다 그분의 강의를 못 듣는다는 아쉬움이 더 컸다. 지식이나 상식도 배가 고플 때라야 왕성한 식욕과 소화력이 생기고 감흥과 감동이 생기는 게 아닌가 싶다.

아무튼 재단 기술을 열심히 배웠기에 내 딴에는 제법 잘하는 줄 알았다. 그러나 학원 출신 경력 따위로는 취직은 언감생심 명함도 못 내밀 환경이었다. 그래서 기껏 궁리해 낸 것이 아내와 의논 끝에 제주도로 들어가는 것이었다. 나름대로 복안은 있었다. 첫째, 제주도에서는 재단사로 취업이 가능할 것 같았다. 둘째, 전에 일하던 금방에서 기사로 일할 수 있을 것 같은 예감도 들었다. 그래서 두 마리의 토끼를 노리고 노심초사 끝에 내린 결단이었다. 그리고 학원 친구의 정보에 따라 제주시보다는 서귀포로 가기로 했다. 그러나 여러 점포를 전전한 끝에 재단사가 없는 점포를 만나 한나절 동안 원피스와 바지 몇 벌을 재단해 준 나에게 돌아온 결과는 한 끼 식사 대접이었다. 그 후 몇 집을 더 돌아 봤지만 내가 바라는 취업은 허망한 로망이자 그림의 떡이란 걸 깨달았다. 그래서 제주시로 발길을 돌렸다. 이미 어깨는 처질 대로 쳐져서 전에 일했던 금방을 찾아갔다. 내 얼굴은 어땠을지 모르겠으나 3년여 만에 만나 본 사모님의 얼굴엔 지치고 우울한 그늘이 있어 보였다. 혹시나 이혼을 한 건 아닐까 싶은 예감이 들었지만 물어볼 수도 없는 사안이라 그냥 바라보는 내 마음이 안쓰러울 정도로 힘들어 보였다. 그 와중에도 친절함을 놓지 않으려고 애쓰는 모습이 왠지 미안한 마음이 들었다. 세상 살아오면서 만난 인연 중에 그분만 한 괜찮은 분이 몇이나 될까 싶다. 아무튼 볼일이 있어 왔다가 인사 차 들른 것처럼 가장했지만 사실상 금방에 기사가 있는지 없는지 살피려는 속셈으로 많은 망설임 끝에 겨우 용기 내어 들른 것인데, 내 예감은 무너지고 말았다. 이미 금방은 폐업한 상태였다. 예감은 예감일 뿐, 중요한 일을 도모할 때는 절대 예감을 믿으면 안 된다는 교훈을 얻었다.

아무튼 차 한잔 대접받고 돌아서는 발걸음만 천 근 만 근 무거웠다. 분명 한 아이의 아비라는 무게가 실렸으리라…

지난날 제주도에서 8개월 정도 생활했지만 제주도 관광 한 번 못 해본 터였다. 시간에 쫓길 일도 없고 가진 돈도 남았으니 그 참에 제주도 관광이라도 좀 하고 와도 되련만, 본디 나 혼자만을 위해 쓰는 돈은 아까워하는 성격이다 보니 아쉬움을 뒤로하고 부산행 여객선에 몸을 실었다. 그런데 멀쩡하던 날씨가 바뀌어 망망대해에서 심한 풍랑을 만나 질풍노도를 헤맨 끝에 목포항인지 여수

항인지 좌우간 부산항이 아닌 항구에 기착했다. 얼마나 멀미에 시달렸으면 꼼짝없이 그대로 죽는 줄 알았다. 오죽하면 곤죽이 되어서 돌아온 내 몰골을 보고 선잠을 깬 아내는 귀신인 줄 알고 기겁하던 모습이 지금도 눈에 선하다. 만약 제주도 관광을 하고 하룻밤을 제주에서 보냈더라면 화를 면했을 거라고 생각하면 한 치 앞도 모르는 게 인생인 듯하다.

아무튼 혈기왕성했던 나야 언제 그런 경험을 해 볼 수 있었으랴 싶지만 아우성을 지르던 아녀자들이나 소리 지를 여력조차 없이 이리저리 떠밀리며 뒹굴던 노약자들을 떠올리면 아찔하다. 비록 보이지 않는 곳곳에서 고해와 같은 삶을 이어 가지만, 그런 사람들이 있음으로 해서 구석구석 이 세상이 제대로 움직여지는 것이 아닐는지…

또 다른 활로를 찾아야 했다. 의상 학원에서 사귄 동병상련 처지의 친구와 많은 대화와 고민을 한 끝에 각자 양장점을 개업하자는 결론을 내렸다. 그리하여 친구는 문현동에서 개업했고 나는 밑천에 맞춰 남구 용담동에서 개업했다. 학원 친구의 추천으로 '샤넬'이란 간판을 내걸고 1972년 늦은 가을에 의상실을 열었다. 그 당시까지만 해도 양장점 경기가 좋았던 때라 그럭저럭 장사가 될 것 같은 자신감이 있었다. 그래서 1973년 이른 봄 둘째 형님이 살고 있는 양정동으로 점포를 옮겨서 본격적으로 장사를 시작했다. 그간에는 주문받은 옷을 치수에 맞게 재단만 해서 바느질은 제품 공장에 의뢰했었지만 납품 날짜를 맞추는 문제며 여러모로 어려움이 많았다. 그래서 재봉틀도 구입하고 학원에 부탁해서 제봉사도 고용했다. 그러다 보니 자금이 모자라 열이 형에게서 10만 원을 빌려서 더 투자했다. 투자한 만큼 손님도 제법 많아 재봉사 한 명으로는 손이 모자랐다. 한 명을 더 고용했다. 나는 나대로 손님 받으랴, 재단하랴, 남는 시간엔 재봉사 보조하랴, 하루해가 짧기만 했다. 아내는 친정어머니 한복 바느질도 도와주지 않았다며 재봉틀 일이나 바느질에는 관심 없다고 했다. 장모님의 한복점에 나가서 심부름이나 손님 받는 일은 도우면서도 양장점 일은 일체 외면했다.

매우 바쁜 나날이었다. 그런데 누군가가 재봉사를 둘 다 빼돌려 가 버렸다. 다시 구하려고 아무리 애써 봐야 하늘의 별 따기였다. 아니, 별조차도 없었다. 그러고 보면 그해 봄은 경기가 매우 좋았던 모양이다. 역설적으로 표현하자면 차라리 경기가 좋지 않았으면 문을 닫아야 하는 결과는 나오지 않았을까 싶다. 왜냐면 그 당시 재봉사도 구할 수 없었지만 제품 공장도 바빠서 주문을 받지 않았기 때문이다. 손님이 없어서가 아니라 나들이 날짜에 맞춘 옷을 제 날짜에 못 찾아 가는 손님이 늘었다. 손님 입장도 이해 못하는 바는 아니지만, 그 시달림과 난처함은 도저히 사람이 감당할 것이 아니었다. 그러다 보니 손님을 받을 수가 없게 되었다. 그래서 일시적으로 가게 문을 닫아놓고 진 시장 3층으로 옮겨 보려고 용을 써 봤다. 하지만 그마저도 마음먹은 대로 되지 않았다. 진 시장 3층으로 옮기려고 한 이유는, 거기는 제품 공장을 공동으로 운영하여 재봉사 문제는 크게 신경 쓸 일이 없는 시스템이었기 때문이다. 그렇게 생각지도 못했던 난관에 부닥쳐 두 손 들고 말았다.

그럼 의상 학원에서 사귄 친구 이야기를 잠깐 정리하고 넘어 가야겠다. 그 당시 고등학교씩이나 나온 키 알맞고 잘생긴, 강원도가 고향인 박충균 씨다. 나이는 나보다 한 살 위로, 형 같은 품을 가진 친구였다. 만나면 언제나 반갑고 서로 속을 털어놓을 수 있어 편하고 배려심이 많은 참 좋은 친구였다. 아내도 그리워하는 내 마음을 이해해 줄만큼 꼭 한 번 보고 싶은 친구다. 언젠가 주역을 공부한다며 나에게 찾아와 열띤 토론을 나눴던 그날이 마지막 만남이 되었다. 이젠 그의 멋진 미소만이 내 가슴속에 남아 있다.

박 형! 삶에 허덕이다 문득 돌아보니 찾을 길이 막막하였다오. 내 복이 없는 탓이고 휴대폰이 늦게 태어난 탓이로세! 그러나 박 형! 이 하늘 아래 있다면 우리 서로 옛말하며 허심탄회하게 아름다운 우정을 나누고 싶은 욕심이야 둘째치더라도 부디 얼굴이라도 꼭 한 번 보고 싶구려, 친구여!

나의 두 번째 사업 실패는 여러 가지로 그 데미지가 크게 느껴졌다. 그래서 원양어선을 타 보려고 노력해 보았지만 그림의 떡이었다. 참고로, 지금은 다들 외면하지만 그 당시엔 배 타는 직업이 인기 직종이었다. 그러다 보니 뒷돈이나 연줄이 없이는 그림의 떡일 수밖에. 그래서 할부 책 장사를 해 보려고 애를 써 보았으나 그 역시 일정액의 보증금이 없이는 책을 내어 주지 않았다. 그 당시는 카탈로그로 장사하는 시기가 아니었고 그 무거운 책을 한 짐이나 되도록 메고 들고 다니면서 팔던 때라 밑천이 없으면 인맥이라도 있어야 책을 받아 장사를 할 수가 있었던 것이다. 반면 팔지 못하면 언제든지 돌려받을 수 있으니까 보증금은 살아있는 셈이었다. 그러나 나에겐 한갓 그림의 떡, 오죽하면 흥신소 일이라도 해 보려고 이곳저곳 찾아가 보았지만 나를 위해 비워 놓은 자리는 없었다. 여러 곳에 문을 두드려 봐도 어느 곳에서도 나에게 취업의 기회를 주지 않았다. 하는 수 없이 나처럼 백수가 된 친구와 백동으로 만든, 소위 산뿌라 반지를 만들어 팔기로 했다. 만드는 건 기술이 아주 뛰어난 곰보라는 별명을 가진 친구가 맡고, 판매는 나와 처지가 같은 곰이란 별명을 가진 친구와 내가 맡았다. 장터를 찾아다니며 '골라 골라' 흉내를 내 보자고 시작한 일이었다. 그런데 친구나 나나 워낙 내성적인 데다 주변머리가 없다 보니 전을 펴 놓고 뻘쭘하게 눈치만 살피고 있으니 하루 점심값 벌기도 힘들 때가 많았다. 그래서 가가호호 방문 판매를 시도했다. 워낙 마진이 좋아서 그나마 용돈께나 벌어 쓰기는 했다. 사실 못 쓰는 수도관 하나만 주워 오면 반지나 목걸이 메달을 수십 개 만들 수 있으니 팔리기만 하면이야 꽤 괜찮은 장사였다. 계속 했더라면 아마 반짝 성공을 거뒀을지도 모를 일이다. 왜냐하면 얼마 지나지 않아 산뿌라 반지가 신경통 반지로 둔갑하여 상당히 유행했기 때문이다.

당시에도 기억에 남는 에피소드가 몇 가지 있었다. 그 당시 조방 앞은 물론이려니와 부전역 일대에는 공터가 많아서 약장수, 엿장수, 도박장기, 혁필그림, 그리고 자칭 도사라 일컬으며 사주 봐 주고 점 치는 사람 등 먹고살기 위해 각종 노점을 벌려 놓은 사람들로 성시를 이루었다. 그 중에서도 약장수들에게 사람들이 가장 많이 몰렸다. 돈 놓고 돈 먹기 놀음인 소위 뺑뺑이 돌리는 여자 야바위꾼 앞에도 남자들이 눈에 띄게 많았다.

그도 그럴 것이 그 여자 분의 치마 속 팬티에 구멍을 뚫어서 은밀한 부분이 보였다 가렸다 애를 태우니 거기에 정신이 홀린 사내들이 차례를 기다리며 줄을 서 있었던 장면이 지금도 눈에 선하다. 그런데 에피소드라고 말하기엔 너무나 가슴 아프고 눈물 나는 장면들이 아닐 수 없다.

직업도 없고 밑천도 없는 많은 이들이 입에 풀칠할 곳이라곤 시장통이나 공터뿐이었다. 여기저기 찾아다니며 할 짓 못할 짓 하며 그렇게 치열하게 살았다. 그렇게 어렵게 벌어서 자식들 교육시키고 뒷바라지 열심히 해서 산업 일꾼으로 길러낸 그들은 비록 가진 것 없고 배운 것 없는 사회적 약자들이었지만 자식 교육열만큼은 강자 못지않았다. 또한 우리나라가 이만큼 발전하는 데 기여한 바가 클 것이다. 그러나 그들은 사회로부터 외면당하고 자식들에겐 죄인이 되어 살아야 하는 세대이기도 하다. 그러면서 괜찮다, 괜찮다 하면서 살아가는 세대이다. 사실 우리 세대 대개의 노인들은 불쌍하다. 특히 아버지들은 젊을 때 큰소리칠 만큼 잘하지 못했기에 그렇고 노후준비를 몰랐던 세대들이기에 더욱 그렇다. 인간은 누구나 오래 살고 싶은 욕망이 있겠지만 백세 시대가 축복이 아니라 되레 불안하고 미안하고 서러운 세대이기도 하다. 그나마 공무원 연금은 앞을 내다본 매우 잘한 정책이 아닌가 싶다. 우리나라가

OECD 국가 중 노인 빈곤율이 1위라고 하니 그마저 없었다면 지금 이 사회는 아마 헤어날 수 없는 암울한 사회가 되어 있지 않을까 싶다.

그렇게 산뿌라 반지 외판을 하고 있을 무렵 큰형님께서 연산동 옛 브니엘 여고 부근에 집을 짓는다고 나를 차출했다. 내 주된 역할은 재료나 날림공사를 살피는 감독자 역할이자 경비였는데, 틈틈이 노가다 일도 해 가며 시멘트 한 줌이라도 빼돌리거나 허투루 낭비하지 못하게 나름으로 열심을 다 했다. 막노동판 세계가 호락호락하지 않아 공사를 맡은 십장과 서로 멱살을 잡고 기 싸움을 벌이기도 했었다. 그런데 피는 물보다 진하다더니, 평소 동생들에게 그렇게나 냉정하던 형님이 싸움판에 삽을 들고 와서 위협하며 나를 펀드는 게 아닌가. 그 모습은 지금도 눈에 선하다.

얼마나 걸렸는지는 기억나지 않지만 완성된 집은 대단했다. 높은 담, 솟을 대문에 잉어를 기르는 연못이 있는 마당 하며 정원의 조림목과 바위처럼 큼직큼직한 조림석, 1층 거실에서 2층으로 올라가는 넓고 두꺼운 목재 계단, 높은 천장의 화려한 조명 등 그 당시 내 눈에는 가히 궁궐이나 다름없었다. 높은 담만큼이나 굳게 닫힌 대문은 범접할 수 없는 성문처럼 느껴져 차림옷 없이는 방문하기조차 망설여졌다. 그 당시의 내 처지가 그랬다.

시련은 끝이 보이지 않았다. 산뿌라 반지 공장도 서로 힘을 합쳐 이겨냈더라면 제법 돈을 만질 수 있었을 텐데. 사실 만드는 것도 중요하지만 판매가 관건인데 나까지 판매에서 손을 떼고 나니 더 이상 운영할 수가 없어서 접고 말았던 것이다. 훗날 매우 아쉬워했던 대목이다. 왜냐면, 우리가 만들어 팔던 소위 산뿌라 반지가 신경통 반지로 둔갑해서 엄청나게 유행한 뒤로 돈을 꽤나 벌었다고 들었기 때문이다. 뒤늦게 시작한 이들의 길잡이 역할만 했던 셈이다. 아기까지 돌봐야 했던 아내는 더욱 힘들었을 것이다.

그러는 와중에 1973년 12월 25일 범일동 금탑 예식장에서 결혼식도 올리게 되었다. 얼마나 고팠던 상투였던가. 그러나 생각해보면 1971년도부터 1973년까지 셋째 형, 열이 형, 여동생, 그리고 나까지 이태 동안 무려 4명이나 결혼을 했다. 그때 부모님의 경제적 부담은 오죽했을까 싶다. 아마 그 많은 자식들 길러 내신 부모님의 허리는 펴질 날이 없었으리라.

결혼식도 올리고 나니 어엿한 가족의 일원으로 대접받을 수 있었다. 그간 나 몰라라 했던 형님들이 신경을 많이 써 줬다. 둘째 형님이 애썼던 철도 공무원 임시직은 아쉬웠지만 내 학력을 감안하면 애초부터 가능성이 없었던 일이었다. 셋째 형님의 소개로 현대 중공업 산소용접공으로 취업하려고 면접을 보러 갔는데 이력서를 어떻게 써야 할지 몰라 쩔쩔 맸다. 결국 그냥 '경력 없음'이라는 네 글자로 모든 걸 대신했다. 부끄러운 얘기지만 이력서란 말 자체도 생소했을 뿐만 아니라, 써 낼 게 없었기도 했다. 그런데 그 날 저녁 합숙방에서 하룻밤을 묵게 되었는데 어떻게 된 영문인지

'경력 없음'이란 그 말이 회자되어 웃음거리가 되었다. 모르는 척 듣고만 있었던 나로선 얼굴을 들 수가 없었다. 아무튼 연락 준다던 담당관의 말은 나의 무식 때문인지 영영 무소식이 되어 버렸다.

이왕지사 울산까지 간 김에 여동생의 신혼집도 가 보았고, 셋째 형님 집에도 하룻밤 묵게 되었다. 그런데 퇴근하는 남편에게 대야에 더운물 떠다 바치는 모습들이 행복지수와는 관계없이 왠지 한쪽은 재잘재잘 행복해 보였던 것 같고 한쪽은 나의 어머님을 보는 것 같은 느낌을 받았던 건 무엇 때문인지 모르겠다.

아무리 살펴봐도 내가 할 만한 일이라곤 열이 형이 하고 있는 치과 기공일이라는 생각이 내 마음속에 자리 잡기 시작했다. 금 세공 일과 일맥상통하는 점이 있었고 수입이 굉장히 좋았기 때문이다. 그래서 자주 드나들며 나름대로 일도 도와가며 얼마 동안 탐색한 끝에 형에게 의논을 했더니 고맙게도 승낙을 해 줬다. 본격적으로 출퇴근을 하며 기술을 배우기 시작했다. 그러니까 1974년 초여름으로 기억된다. 그렇게 수개월을 지난 그해 초겨울에 아버님께 떼를 써서 10만 원을 얻어 기계와 공구를 구입했다. 형이 기공소에 맡겨 오던 일거리를 내가 맡게 된 것이다. 그것으로 본격적인 경제 활동에 들어섰다. 그러나 그간 겪은 고충은 이루 말할 수 없었다. 새댁이나 다름없는 형수 눈치 살피는 것도 힘들었고, 차비가 없어서 가야에서 범일동 집까지 걸어 다닌 적도 부지기수였다. 늦은 밤 휘영청 밝은 달을 쳐다 보며 핑 도는 눈물을 삼킨 일도 마누라 몰래 감당해야 하는 가장의 몫이었다. 그러나 아내의 마음

고생은 훨씬 더 했을 것이다. 특히 추석 명절 때인지, 아버님 생신 때인지, 좌우간 사소한 부부싸움으로 아내 혼자 시골집을 다녀오게 했던 일은 지울 수 없다. 아마 아내에게는 더욱 큰 상처로 남아 있지 않을까 싶다. 아내는 열이 형이 입다가 나에게 물려준 스웨터를 몸에 맞지도 않은 옷인데도 불구하고 그래도 고급이라며 낡아 빠질 때까지 입고 다녔다. 아이까지 둘러업고 장모님 가게에 나다니며 심부름하는 모습이 얼마나 비루하게 보였으면 이웃의 아는 동생뻘인 이로부터 그 옷 이제 그만 입고 다니라는 핀잔을 들었다고 했다. 비록 농담으로 한 말이라고는 하지만 내 가슴에는 그 말이 비수에 찔린 것처럼 지울 수 없는 상처로 남아 있다. 그래도 돈없고 능력 없어 고생만 시키는 못난 남편 기죽을까 봐 옷이라도 갖춰 입히려고 신경 쓰던 고마운 아내였다. 열이 형이 마련해 준 신혼여행비도 다른 곳에 쓰고 나중에 돈 벌어서 좋은 곳에 가자고 위로하며 매축지 모 여인숙에서 하룻밤을 보내는 것으로 대신했다. 그 일은 미안했던, 아니 미안해야 하는 빚진 대목이 아닐 수 없다.

행복했던 시절

세월의 바퀴는 어김없이 그 자국을 남기고 가는 바퀴인지라 큰 아이에 이어 1975년 둘째가 태어났고 이태 후에는 막내까지 보게 되었다. 그리고 1978년엔 드디어 큰 아이의 학부형이 되어 어쩔 수 없는 아저씨 아줌마의 대열에 서게 되었다. 그리고 약 5년간의 불법 행위로 돈도 제법 벌었다. 그 당시 120만 원이면 대연동에서 마당이 있는 집 한 채를 살 수 있는 큰돈이었다. 그런데 또 그놈의 낙찰계로 인해 몽땅 날리고도 일부 사채를 빌리긴 했지만 금방을 개업하게 되었다. 벌이가 좋은데도 불구하고 그 일을 그만두게 된 원인은, 형으로부터 하청받은 일거리를 제때에 납품하기 위해서 자정이 넘도록 일을 하다 보니 이웃에 민폐를 끼쳤기 때문이다. 망치질 소리와 모터소리를 밤늦게까지 시끄럽게 내다 보니 옆집 아줌마가 마음에 담고 있다가 경찰서에 고발했던 모양이다. 그로 인해 구속까지 당할 상황이었는데 경찰 공무원이던 셋째 형님의 도움으로, 앞으로는 절대 그 짓을 하지 않기로 약속하고 풀려나게 되었다. 사실은 금방 장사를 항상 염두에 두고 있었던 터라 시점이 조금 앞당겨졌을 뿐이라고 생각했다. 어쨌든 거제리에서 실패한 지 약 9년 만에 대연동 하이타운이라는 대형 마켓의 후광을 노리고 '보물섬'이라는 간판을 건 금방을 개업하게 되었다. 보물섬이란 상호는 가족회의 흉내를 낸답시고 밥상머리에 둘러앉아 의논한 끝에 큰딸의 제안으로 지어진 이름이다. 어릴 적부터 책 읽기를 좋아했던 큰아이가 아마도 동화책 속에서 얻어낸 발상이 아니었나 싶다. 어디서 누구를 본받았는지는 기억에 없지만, 그 당시만 해도 가족회의 흉내를 내보려고 애썼던 시기였다. 그러나 한때의 이상이었을 뿐 현실은 그러하지 못하고 있다. 명색이 가족회의라는 명분 때문에 다수결에 따른 것이었지만 내 마음에는 썩 들지 않는 상호였다. 다만 '○○당', '○○양행'이라고 하는 뻔한 이름에서 벗어난 특색 있는 상호라는 점은 내가 바라는 바와 일치된다는 것에 만족해야 했다.

대형 마켓의 후광을 노리고 선택한 장소였지만 막상 마켓을 개장하고 보니 손님들은 마켓을 분양받은 이들이 차린 금방으로 다 몰려들었고 밖에서 영업하는 영세상인들에게는 오히려 마켓이 치명타가 되었다. 그러다 보니 요즘 말로 투잡을 해 가며 버티어 나갈 수밖에 없었다. 그러던 차, 부산진 시장 옆 남문 시장 외곽에 점포가 하나 나서 불과 6개월 만에 자리를 옮겼다. 그 당시 부산진 시장 하면 부산에서는 손꼽히는 대형 혼수품 시장인지라 손님들이 몰려든다는 장점도 있었지만 기라성 같은 기존 금방들과 경쟁이 매우 치열하다는 어려움도 따랐다. 또한 가게 위치도 좋은 자리가 아니다 보니 비수기에는 점포 월세는 물론이려니와 시계 기사 월급과 다섯 식구 생활비, 고리채 이자까지 항상 빠듯할 수밖에 없었다.

금방을 개업한 지 약 2년 만인 1981년, 그토록 정정하셨던 아버님께서 폐암으로 석 달여를 고생하신 끝에 71세의 아쉬운 연세에 별세하셨다. 다행이 아홉 남매 모두가 임종을 지켜봤다. 삶과 죽음의 임계에서 헤매는 안타까운 모습을 자식들은 어떻게 해볼 방법도 없이 그저 지켜만 본다는 것이 얼마나 잔인하고 못할 짓이었는지 모른다. 왜 옛 사람들은 임종을 효의 덕목인양 중하게 여겼는지 잘 모르겠다.

어렵게 살아가는 못난 자식이 잘사는 모습을 보여 드리지 못한 아쉬움이 컸다. 1년만 더 사셨어도 내 집을 마련하는 자랑스러운 모습을 보여드리고 좋아하시는 모습을 볼 수도 있었을 텐데, 나는 부모님에게 효도 못한 한보다 잘사는 모습을 보이지 못한 한이 더 크게 남아 있다. 항상 허덕이는 모습만 보여드려 걱정을 끼쳤으니 그보다 더한 불효가 어디 있을까 싶다. 형님들은 회갑연 때 소까지 한 마리 잡고 또 연회 이벤트로 기생까지 불러다가 온 동네가 떠들썩하게 큰 잔치를 벌여서 아버님을 크게 기쁘게 해 드렸지만 나는 겨우 중고 손목시계 하나로 때웠다. 평소 차고 계시던 시계는 놔두고 그 중고품을 애지중지 소중하게 간직하고 계신다는 걸 알고는 있었지만 막상 돌아가실 때까지 차고 계시는 걸 보고 작은 것이라도 큰 것으로 받아주시는 그 마음이 곧 어버이의 마음일 것이라는 생각이 들어서 가슴이 뭉클했다. 아마 그래서 부모님 앞에서는 큰 자식은 작아지고 작은 자식은 커진다는, 한 번쯤 새겨들을 만한 좋은 말이 생겨나지 않았나 싶다.

아버님! 이 못난 자식이 치과 기공일을 하려고 했을 때 떳떳하지 못한 일을 자식 둘씩이나 하게 할 수는 없다 하시며 완강하게 거절하시는 아버지에게 그렇잖아도 공부 못시킨 것을 아쉬워하시던 아버님의 아픈 곳을 건드리는 말로 가슴에 대못을 박았던 일을 생각하면 너무나 철없고 못났던 이 자식은 늘 가슴이 아픕니다. 우등상을 한 번도 놓치지 않았다던 큰형님 놔두고 항상 절더러 천재라시며 저에게 공부를 시키려는 마음 하나로 윗마을 암자 주지 스님에게 양자로 보내려고 결심을 하시기까지, 그 마음은 오죽하셨는지요? 그래서 한때나마 이 못난 자식은 더욱 대학 입학하는 모습을 아버님께 보여드리고 싶었는지도 모르겠습니다. 저도 부모가 되고 보니 그게 부모님에겐 큰 선물이자 또한 효도가 되었을 텐데, 생각하면 참 아쉽고 후회스럽기만 합니다. 유독 이 못난 자식에게 머리가 좋다고 기회 있을 때마다 자랑을 하신다는 걸 알고 솔직히 많이 부담스럽기도 했습니다만 이제는 아버님의 그 모습이 그리워집니다. 아버님의 호탕한 너털웃음이 몹시도 그립습니다.

융자를 받기는 했지만 드디어 내 집을 마련하게 되었다. 그런데 건강상의 문제로 고생을 많이 했다. 그동안 치과 기공일을 하면서 석회가루로 인해 어릴 적 앓았던 알레르기성 천식이 도졌기 때문이다. 기관지 확장 흡입제로 그럭저럭 견뎌 왔는데 새집으로 이사온 후 그 증세가 극심하게 악화되었다. 소위 새집증후군이 주요 원인이었던 모양이다. 의사 왕진도 수차례 했고 심할 때는 병원신세까지 지다 보니 개소주, 민물장어중탕, 벌 애벌레 등 몸에 좋다는 것은 다 해다 먹이며, 심지어 혈관주사까지 놓아 가며, 아내의 마음고생도 참 많았을 것이다. 어느 날은 주사약이 떨어져서 아내가 약국에 달려갔으나 하필 일요일이라 문 열어 놓은 약국이 없어서거의 숨길이 막힐 지경에까지 이르렀다. 스스로 숨길을 끊어 버리고 싶을 만큼 힘든 상황이었다. 내 명줄이 질겨서인지, 열이 형 형수님이 꿈속에서 내가 죽어가는 모습을 보았다며 형님에게 빨리가보라고 재촉하는 바람에 손아래 매부와 함께 달려온 열이 형이급히 나를 업고 메리놀 병원 응급실로 가 주었다. 도착했을 때는거의 탈진상태였다. 경험 없는 당직 인턴 의사가 고개를 절레절레흔드는 걸 보고 아내는 내가 죽는 줄 알고 울며불며 하는 바람에한바탕 해프닝이 벌어지기도 했다.

그런데 꿈 또는 영혼이란 것에 대해서 정신분석학이나 과학적으로 해석하는 학자들의 말만 믿어 왔는데, 이런 경우엔 어떻게 이해를 해야 옳을지 도무지 모를 일이다. 아직까지도 풀리지 않는수수께끼로 남아 있다. 분명히 지구는 돌고 있는데. 어쨌든 형수님의 꿈 덕분에 그리고 형님께 고마웠다는 말을 다시 한 번 전하고 싶다.

아무튼 메리놀 병원의 처방이 내 몸에 맞았는지 차차 증세가 호전되었다. 그러나 아직까지도 기관지 확장 흡입제만은 없어서는 안 되는 나의 상비약이다.

기관지 천식은 호전되었지만 집 살 때 융자받은 할부금 및 각종 지출은 더 늘어났는데, 새 집으로 이사 오면서 기계와 작업공구 등을 깨끗이 처분해 버렸기 때문에 투잡을 다시 하려니 도저히 엄두가 나지 않았다. 그래서 중고 승합차를 구입해서 시골의 혼수 손님 유치 작전에 나섰다. 그러니까, 혼수손님을 차로 모셔 와서 일이 끝나면 집까지 모셔다 주는 것이다. 그래야 단골손님도 뺏기지 않을 뿐더러 울산이나 혹은 언양으로 손님을 뺏기지 않을 수 있었다. 일종의 서비스 경쟁이었다. 그만큼 조방 앞 일대에서는 혼수 손님 경쟁이 치열했던 것이다. 그 와중에 시골 누님이 애를 참 많이 썼다. 어려운 동생 생각하는 마음은 부모님 못지않았던 누님의 애살과 그 고마움은 잊을 수 없는 일들이다.

그런데 싼 것이 비지떡이라더니 폐차 직전의 낡아빠진 중고차를 잘못 구입하는 바람에 죽을 고비도 몇 번이나 겪었다. 자성대 오버브릿지 고가도로 위에서 핸들이 갑자기 고장 나서 위험천만한 순간을 겪기도 했다. 지금 생각해도 아찔하다. 특히 혼수 손님을 태워다 주고 오는 밤길에 고속도로에서 엔진 과열로 인해 차가 퍼져서 가다 서다를 반복하며 고생했던 일을 문득문득 생각하면 내가 명줄 하나는 참으로 질긴 사람이다 싶다.

비록 에어컨도 없는 고물 똥차일지언정 형님네들 식구와 계곡으로 피서 가는 길에 정원을 초과하여 고속도로를 머리카락 휘날리며 신나게 달리기도 했다. 문짝이 고장이 나서 형님이 손으로 잡고 가야 할 만큼 위험하고 불편했지만 짜증은커녕 한 바탕 크게 웃을 수 있었던 그 여유와 소박했던 그 시절이 그립기도 하다.

　개업할 당시에 비해 단골손님도 제법 늘어서 어느 정도 생활이 안정되어 갔다. 친구의 권유로 경성대학교 무역대학원 최고경영자 과정을 수료하기도 했다. 동문들 중엔 나름대로 사회적 위치가 제법 잘 나가던 분들이 많다. 장사를 하는 나에게는 인적으로나 물적으로나 많은 도움이 되었다. 각자 연령 차이도 있을 뿐만 아니라 개성이 참 강한 분들과 만났는데도 아직까지 동문회 모임이 잘 운영되고 있다. 그리고 말은 안 해도 서로 마음으로 챙겨 주는 좋은 벗들도 생겼다. 좋은 인연이자 만남이 아닌가 생각한다.

　사실 같은 장사를 하는 친구의 손위 처남이 경성대 교수이다 보니 나에게도 그런 기회가 생긴 것이다. 계산적으로만 따지는 친구였다면 나에게 그 과정을 권유하지도 않았을 것이다. 그러나 생색한 번 내지 않던 친구였다. 일생에 좋은 친구 한 사람 두면 성공한 삶이라 했는데 그 친구 여러모로 정말 괜찮은 친구였다. 그런데 저세상에 가 버린 지도 어느새 수년이 흘렀다.

　친구야! 자네를 만난 지 어언 반세기가 되어 가는구나. 우리가 함께했던 우정의 세월이 얼마던가 생각해 보면 혈육인 부모 형제보다 훨씬 많은 시간을 함께 부대끼면서 괴로움과 즐거움, 미운정, 고운 정 많이도 나눴는데… 어쩌다가 나 잘했네. 너 잘했네. 밀고 당기는 기 싸움으로 아까운 세월을 좀 먹였는지 모르겠다. 뒤

늦은 후회를 해봤자 후회만 남는구나.

친구야! 어쩜 가는 길이 그리도 급하던가. 몹시도 그립네. 좋아하는 술 한잔 나누면서 회포를 풀어 버리지 못한 것이 너무도 후회스럽다네. 외롭고 고달픈 세상 자네가 동무되어서 좋았다네. 그리고 친구야! 자네는 정말 괜찮은 친구였다네. 나이가 동갑이라는 것과 먹고사는 업종이 같을 뿐 태어난 고향이나 타고난 성격은 너무 달랐지만 같이 있으면 언제나 즐거웠던 친구야! 언젠가 나를 믿고 마음속 깊은 곳 상처를 하소연하며 나에게 눈물을 보인 적이 있었지. 자존심이 제법 센 자네와의 약속 때문에 아직 누구에게도 발설하지 않고 있지만 지극히 인간적인 모습이었다네. 어디선가 봤던 글에서 '힘든 인생에 자네 같은 친구가 있어서 행복했다'라는 구절이 있던데 내 마음도 그렇다네. 진정 자네가 있어서 그런대로 괜찮았다네. 친구여!

내가 금방을 개업했던 1979년도부터 1988년도에 대연동으로 이전 확장개업하기까지 9년의 기간은 여러모로 다사다난한 세월이었다. 1979년 10·26 사태를 비롯해서 12·12, 5·18, 6·29, 88 올림픽 등, 일도 많고 탈도 많고 변화도 많았다. 우리 같은 자영업은 그다지 호황을 못 느꼈지만 1980년대 초부터 세계 경제가 소위 '3저 시대'의 보기 드문 호황을 맞아 국민총생산량이 급속도로 성장했다. 1987년 6월 민주항쟁 때는 학생들은 물론이려니와 민초들의 호헌철폐시위가 극에 달했다. 남녀노소 할 것 없이 많은 사람들이 최루탄의 고통도 마다않고 시위에 동참했다. 특히 우리 가게 앞

왕복 4차선 도로는 시위자들의 농성장이 되어 버렸다. 그러나 시장 사람들은 불평은커녕 우유, 빵, 음료수, 심지어 담배까지 던져주며 그들을 응원했다. 나 역시 위험을 무릅쓰고 진압 경찰에 쫓겨 위험에 처한 운동권 학생을 우리 가게에 숨겼다가 내 차에 태워서 안전한 곳으로 피신시키기도 했다. 만약에 잡히기라도 하면 삼청교육대 감인 짓을 했다. 그렇게 결국은 민초들의 승리로 6·29 선언을 이뤄냈다.

그러나 우리는 똑똑히 보았다. 서로 권력을 차지하려고 저들끼리 편이 갈려 몽둥이 부대를 동원해 가며 폭력이 난무했던, 민주화운동의 정치 선동가들이 벌이던 이전투구, 자중지란. 한마디로 그들의 작태는 가관이었다. 권력쟁탈에 실패하고 나더니 약속이나 한 듯 차례로, 그들이 그렇게나 씹어 대던 쿠데타 인사들과 야합을 해서 권력을 쟁취해 갔다. 이념이나 사상 따윈 관심도 없다. 다만 바른 정치를 했다면야 누가 뭐라 할까만, 그렇게나 민주화를 부르짖던 그들은 별로 내세울 만한 업적도 없이 권력은 물론이려니와 자식들까지 비리와 부정부패로(그들이 어디 모 한포기 심어 봤던가, 사업이나 장사를 한 번 해 봤던가, 공부는 많이 했지만 직장생활을 해 봤던가), 재산까지 대대손손 누릴 만큼 챙겨 놓고는 일말의 양심도 없이 큰소리만 쳤다. 그런가 하면 그들의 정치적 상속자들까지도 박정희 전 대통령을 독재자라고 심하게 폄하했다. 그것이 치적이나 되는 양. 그렇게나 목소리 높여온 민주화의 업적이 한강의 기적을 이룬 산업화의 업적을 뛰어넘을 수 없다는 것에 대한 조바심으로 인한 강박인가, 그분의 무덤조차 외면하고 있다. 수천억을 해 먹고도 29만

원 밖에 없다고 배 내미는 이나, 그들의 행태나, 누가 더 잘났다고 할 수 있으랴. 도토리 키 재기일 뿐인 것을. 사실 독재, 독재 하지만 18년을 권좌에 있었어도, 아직까지도 뒤지고 있지만 어디 본인 영달을 위해 부정부패한 흔적이 있던가. 권력을 오직 국가와 국민을 위해 이용한 죄밖에 없는, 그리고 그 지긋지긋한 보릿고개를 극복한 애국자이신데 동상조차도 제대로 대접 못 받고 있으니, 도대체 왜들 그러는지 모르겠다. 이참에 나도 목소리 한 번 내야겠다. 김·노·문 이 몹쓸 빨갱이 같은 자들, 그리고 그들을 따르는 붉은 자들, 입만 열면 박정희를 흠집 내지 못해 안달인 자들아! 미천한 출신의 핸디캡 때문에 북한이나 일본에 빌붙어서 도움을 받고는 그 빚을 갚기 위해 국민세금으로 북한에 몰래 퍼 주고, 방일을 앞둔 선물 보따리로 한일 어업협정을 체결하면서 동해의 황금어장을 내어주어 우리 어민들의 엄청난 피해를 입힌 것도 모자라 울릉도와 독도를 분리시켜 독도를 중간수역으로 만들어서 자기네 섬이라고 우기도록 빌미를 주며 그 영해까지 넘겨준 매국노 같은 자.

그리고 대통령 못해 먹겠다고 성깔을 부리더니 결국 자기 성깔에 못 이겨 자살한 성질 못돼먹은 자를 서민 대통령이라며 영웅처럼 떠받들고 있으니, 제기랄. 서민들은 자살이나 하는 한가한 사람들인 줄 아는가?

앞으로 더 지켜봐야겠지만, 극좌파 놈들에게 둘러싸여 자기 뜻대로 못하고 자꾸만 말 바꾸는 허수아비로 만들어 놓고 소통 잘한다고 치켜세우는 자들아!

부디 바라건대 잘한 것은 잘했다고 역사 기록이나마 똑바로 평가해야 하는 것 아닌가. 행여 애국심보다는 출세욕과 영웅심이 앞선 민주화 장사꾼들이 본보기가 되어버리면 훗날 우리민족은 나락으로 떨어지리라. 그들의 민주화 투쟁에서 국가는 안중에도 없었고 국민은 권력을 얻기 위한 도구일 뿐이었다. 그들의 그들에 의한 그들을 위한 민주주의보다는 국민을 위하는 독재가 더 그립다. 그 시절의 서민들에게는 민주화가 급할 것도 없었고 필요했던 시대 상황도 아니었다는 사실을 좀 인식해줬으면 한다. 그리고 민주화 세력들이 그렇게나 선동 선전해 왔던 작금의 정치로는 산업화는 절대로 이뤄내지 못했을 것이라 생각한다. 사실 우리 집은 경부 고속도로 공사로 인해 아버님이 그렇게나 소중하게 여기던 집도 날아가고 문전옥답도 일곱 마지기를 잃었다. 엄밀히 따지면 피해자다. 그러나 그런 것에 상관없이 박정희를 욕하는 이들을 보면 나뿐만이 아니라 그 시대를 살았던 분들은 대개가 열불을 내기 마련이다. 그분을 직접 눈으로 보았고 몸으로 느꼈기에, 가슴속에서 우러나는 순수한 정의감의 소산인 것이다. 식량증산을 위해 벌려 놓은 저수지 공사장에서 삽질 한 번 해 봤던가, 소득증대를 위해 초가집을 없애고 그 짚으로 새끼줄 한 번 꽈 봤던가 가마니를 한 번 짜 봤던가. 짚신을 삼아서 신고 땔감이나 풀을 베던 시절이 불과 얼마나 됐다고, 그렇게 뼈 빠지게 대학 공부 시켜놓으면 국가 발전에 보탬이 되기는커녕 걸림돌이 되는 짓만 하다가 감옥살이 하고 나면 저들끼리 영웅 취급을 해 가며 권력분배 또한 전과가 무거울수록 높은 자리에서 경제 발전의 혜택은 누구보다 많이 누리면서도 그 알량한 기득권을 지키기 위해 틈만 나면 박정희를 욕하고 있으니.

부디 정치적 의도로 짖어대는 목소리에만 귀 기울이지 말고 그분의 업적에 관한 자료도 한 번쯤 살폈으면 좋으련만.

사설이 좀 길어진 것 같은데 한 무식쟁이의 눈에 비친 세상이자 마음에 쌓인 불만의 표출이라고 이해해 줬으면 좋겠다.

아무튼 80년대는 국가적으로나 나 개인적으로나 많은 변화를 거친 시기다. 우리 부산은 국제고무와 동명목재도 하루아침에 문을 닫기도 했다. 이 또한 국가나 국민보다는 개인의 영달을 먼저 챙기는 질 낮은 정치인에 의한 비극이 아닐 수 없다. 그리고 앞에서도 기술한 바 있지만 내 집을 마련한 것도 80년대다. 그 기분은 천하를 얻은 것이었다. 그리고 요즘이야 물질문명, 기계문명이 휩쓸고 있는 세상이 되어 생활의 이기들이 넘쳐나지만 그때만 해도 냉장고, 세탁기 등 가전제품을 하나씩 마련할 때마다 잠을 설칠 정도로 기뻐했던 시절이었다.

그리고 무엇보다 80년대 당시의 우리 아이들은 한창 엄마의 손길이 절실한 시기였다. 그런데 거의 방치하다시피 내버려 두다 보니 위험한 고비도 여러 번 넘겼다. 어쩌다 늦을 때는 눈이 까맣도록 기다리다가 저들끼리 저녁밥을 챙겨 먹고 이리저리 나뒹굴어 잠들어 있던 모습이 눈에 선하다. 사실 아내는 아내대로 안팎으로 몸이 부서져라 고생을 했지만, 돌이켜 생각해 보면 집사람이 일찍 퇴근해서 얼마든지 돌보게 할 수 있었는데 왜 그렇게 못했는지. 자책감이 들 때가 많다. 뒷바라지를 좀 더 신경 써 주었더라면 더 좋은 대학에 진학할 수도, 더 우뚝하게 자리매김할 수도 있었을 거라는 마음도 지울 수 없는 회한이다.

그렇게 아무렇게나 키웠건만 다들 나름으로 자리를 잡아 부모에게 효도하는 자식들이 고맙기 그지없다. 비록 내 삶은 평균치에도 못 미치는 실패한 인생이지만 자식농사만큼은 평균값은 될 정도이고 어려웠던 고비 간당간당 이만큼 살아온 것만도 감사하게 여기며 또 둘이서 둘만 낳았다면 본전밖에 안 될 텐데 순전히 아내 덕분이지만 셋을 낳은 것도 다행한 일이다 싶다. 남는 장사 아니던가. 비록 야망이나 꿈도 없이 소소한 일상의 우물 안 개구리로 살았지만 한 달에 한두 번 오는 천금 같은 노는 날이면 가끔씩 외식도 하고 손잡고 동물원, 식물원, 놀이공원 등 야외나들이도 갔다. 가까운 동산에 올라 개미 채집도 하며 웃다가도 토라지고 울다가도 떠들며 호랑이 담배 피우던 옛날 옛적 이바구도 들려주고 목마 태워 서울구경도 시키며 똥장군 놀이도 하고 팔씨름, 몸씨름 해 가며 이불 덮어쓰고 뒹굴던, 그때가 지금 생각해보니 가장 행복했던 시절이 아니었나 싶다.

행복이란 욕심과 반비례할 뿐만 아니라 지나친 욕심은 불행의 씨앗이 될 수도 있다는 걸 깨닫지 못하고 욕심에 눈이 어두워 발버둥 치는 우리 인간이야말로 만족을 못하는 욕심이 아주 많은 동물이 아닌가 싶다. 그러나 또 한편 생각하면 그 욕심이 인간 사회의 발전과 성장의 에너지가 아닐는지.

나의 황금기

나는 어릴 때는 물론이려니와 30대까지도 살기 위한, 살아남기 위한 몸부림으로 버텨 왔을 뿐 꿈이나 야망 따위 없었던 것 같다. 그저 현실에 충실하며 가까운 주위만 보았지 먼 장래의 커다란 꿈, 즉 야망은 엄두도 못 내봤다. 워낙 본 게 없고 배운 게 없는 데다 주변머리가 없다 보니 너무나 우물 안 개구리로 살았다.

그래서 감히 하는 말이지만 젊을 때는 보다 넓은 세상을 접할 수 있는 여행을 많이 하는 것이 꼭 필요하다고 본다. 한 번의 여행에서 세 권의 책을 읽는 경험을 얻는다고 하지 않던가.

독서 또한 종합 비타민이라 비유하고 싶다. 책 속에는 많은 지식과 지혜와 꿈과 야망이 있다. 따라서 실력과 내공이 쌓일 것이고 인생에 좋은 길잡이가 되어 줄 것이다.

꿈이 없는 인생을 살면 지향하는 목표도 없이 대충 살아가는 나태한 생활습관이 몸에 배어 버리기 때문이다. 습관이 운명을 바꾼다고 하지 않던가. 낭만이 아니라 성공하려는 부단한 노력과 강한 집념, 열정이 있어야 꿈에 대한 열매를 거둘 수 있을 것이다. 꿈을 바꿀지언정 절대 포기하지는 말아야 할 것이다. 꿈이 없고 목표가 없는 삶의 끝은 복권이나 사 나르는 후진 인생으로 남을 것이다.

식상하고 진부한 넋두리인 줄은 알지만 내 삶을 성찰하는 의미에서 한 번 해 본 푸념이다.

내 나이 40대로 접어들면서 산업대학교(現 경성대학교) 최고경영자 과정을 이수하게 됐다. 그곳에서 더 넓은 세상, 더 많은 지식을 보게 됐고 더 다양한 사람들과 교류하게 됐다. 세상도 눈에 보이고 야망이란 것도 가슴에 들어왔다. 좀처럼 현실에 만족할 수가 없었다. 그리고 가슴에 바람이 들기 시작했다. 샘솟는 의욕을 주체할 수가 없어 아내의 반대를 무릅쓰고, 그 당시 부산에서 다섯 손가락 안에 드는 남천동의 모 금방을 목표 삼아 큰 장사를 한 번 해 보자는 결심을 굳히게 되었다. 이전과는 달리 매우 구체적이고 좀 더 준비된 계획이었다. 그만큼 경험이 붙었다는 것이다. 문제는 자금이 턱없이 부족했다는 점이다. 그러나 그동안 업계에서 다져 놓은 신용 덕분에 도매상들로부터 그 어떤 조건이나 계약도 없이 수천만 원대의 고급보석 제품들을 소위 위탁판매 형식으로 받을 수 있게 됐다. 못 팔면 돌려주면 그만이고 팔면 누이 좋고 매부 좋은, 그야말로 땅 짚고 헤엄치기였다. 매우 큰 도움을 받은 것이다. 그뿐만 아니라 서울 제품 도매상들로부터도 현찰 거래 가격으로 일단 물건을 깔아 놓고 결재는 팔리는 대로 해 주는 조건으로 약 일천만 원 상당의 물건도 확보할 수 있었다. 세상을 살다 보면 신용이 얼마나 큰 재산인지 모른다. 현금은 석대동 동장으로 재임 중이던 큰형님의 도움으로 석대동 새마을금고에서 일천만 원 융자받고, 열이 형으로부터 2천만 원을 도움받았다. 그 중 1천만 원은 금세 갚았다. 시계 구매 자금은 지불유예 3개월짜리 100만 원권 자기앞 수표 20장으로 대체했다. 그리고 시골 동생의 명의를 빌려 영농자금 400만 원을 아주 싼 이자로 융자받았다. 그런데 재미있는 것은 김대중 전 대통령이 후보시절에 농민들과 했던 공약대로 부채상환을 이자까지 몽땅 탕감받았다.

아무튼 내가 조달할 수 있는 자금은 여기까지가 전부였다. 그런데 막상 내가 구상한 대로 가게를 꾸미자니 인테리어 비용만도 이천만 원 달라고 했다. 그래서 할 수 없이 내가 직접 꾸미기로 했다. 경험한 대로 궁즉통(窮卽通)이 맞았다. 각종 재료비와 목수 인건비 등 다 합쳐서 5~6백만 원으로 '황제보석'이란 간판 아래 멋진 가게가 탄생했다. 한마디로 획기적인 인테리어였다. 천장과 벽은 종이 대신 옅은 커피색의 비로드 천으로 마감되어 고급스럽고 조용한 분위기를 내는 동시에 방음효과까지 극대화했고 바닥도 비슷한 색상의 카펫을 깔아서 안정감과 편안함을 줬다. 손님 상담석 천장은 샹들리에 조명을 달아 고급스런 분위기를 더했다. 고객의 자존심을 지켜주는 가게가 되겠다고 선전한 개업 인사말씀 문구와 딱 부응하는 인테리어였다. 지금이야 인테리어가 다들 화려하지만 그 당시로서는 그야말로 획기적인 인테리어라고 할 만했다. 도매상들의 입소문을 통해 많은 금방 사장들이 모델로 삼기 위해 구경도

하고 사진도 찍어 갔다. 서양의 어느 건축가가 본인이 설계한 건축에 감격해서 자살했다는 전설 같은 이야기를 들어본 바는 있었지만, 정말이지 나 자신이 자랑스럽고 감격에 겨웠다. 반대만 해 왔던 아내 또한 매우 만족하는 눈치였었다. 인테리어뿐만 아니라 광고에도 최선을 다했다. 개업 인사말 겸 광고 전단지를 일주일 간격으로 4주 동안 이웃 아파트며 주택에 집중 배포한 것이다. 그런데 시계 배터리를 개업 기념으로 한 달간 무료로 교환해 준다는 문구 때문에 이웃 금방들로부터 오해를 사기도 했다. 사실 배터리 무료 교환을 하러 오는 손님은 거의 없었다.

그 당시 내가 주워들은 상식으로는 전단지의 광고 효과는 0.2% 정도라고 들었다. 즉 전단지 광고지를 0.2% 정도의 사람들이 광고를 읽어본다고 알고 있었는데 실상은 그 이상의 광고 효과를 보지 않았나 싶다. 지역 생활정보지에도 1급 메인에 전면광고를 실었고 길거리에 세워 두는 입식 재떨이를 버스정류장 근처와 유동인구가 많은 길목에 설치했다. 물론 가게상호를 철저히 붙인 것이었다. 대형 기둥시계와 방수용 벽시계를 목욕탕이나 수영장에 무료로 설치하기도 했다. 이듬해 봄에는 부산의 모 연예기획사를 통해 KBS 부산방송본부 사옥이전 1주년 기념 '쟈니 윤 쇼' 공개방송에 협찬도 했다. 그 대신 쇼 관람입장권 예매 점포로 지정받아 광고 효과를 노린 것이었다. 그런데 왠지 입장권을 사가는 사람이 거의 없었다. 공영방송국의 간접광고 효과는 그다지 크지 않았다. 대부분의 사람들은 방송이 끝난 뒤 주최, 후원, 협찬, 등 빠르게 스쳐버리는 스크롤 자막을 잘 보지 않기 때문일 것이다. 대구에서 딱

한 사람 방송을 보고 왔다는 손님이 있기는 있었다.

　그리고 요즘은 모르겠으나 그 당시엔 부산에서도 한복 등 의상 패션모델 선발대회가 있었다. 그런데 쟈니 윤 쇼와 인연이 닿았던 기획사로부터 패션모델 선발 심사위원으로 초대하겠다는 제의가 있었다. 보나마나 찬조금이니 뭐니, 맨입에 될 리 없을 것이라 예상해서 거절하고 말았지만, 강도에게 몽땅 싹쓸이 당하고 나니 돈 때문에 거절했던 나의 배짱이 괜히 후회되기도 했다. 돈도 돈이지만 심사위원이라는 거창한 타이틀이 가지는 무게에 지레 겁먹고 좋은 광고 효과를 얻을 수 있는 기회를 놓쳤다는 뒤늦은 후회와 아쉬움이 컸던 대목이다. 적어도 1년에 한 번씩 열리는 선발대회마다 얻을 수 있는 광고 효과는 매우 컸을 텐데 말이다.

　아무튼 광고도 투자라고 생각하고 아끼지 않았다. 어디서 들은 말인지 아니면 스스로 깨우친 생각인지, 사업은 종업원이 돈을 벌어 준다는 나름의 지론에 근거해서 세공 기술자도 최고 인력으로 데려왔다. 부산에서는 가장 많은 월급을 주기로 하고 광복동에서 일하던 초 일류급기사를 스카우트해 왔다. 판매 점원 역시 여자 점원의 약 1.5배에 달하는 월급을 주고 남자 점원을 데려왔다. 포항제철 부근의 아주 큰 금방에서 일했던, 충청도가 고향인 보석 관련 전문가였다. 20대 후반의 아주 듬직하고 성실한 미청년을 업계의 지인을 통해 어렵게 섭외한 것이다.

　시장 장사와는 달리 동네 가게는 늦은 저녁 9시까지 장사해야 하는 관계로 아이들에게 신경 쓸 겨를이 더욱 없을 것 같아 아내에게는 집에서 아이들 뒷바라지나 하면서 시간 나는 대로 잠시 잠깐 들러 수영이나 배우라며 조심스럽게 제안했다. 그러나 아내는 매사 자기가 나서야 하는 성격이다 보니 논리적인 설득이나 대화는 아예 통하지도 않았고 먹히지도 않았다. 나 또한 성질 급한 다혈질의 못된 성격 때문에 문제 해결에 아무런 도움도 안 되고 금세 후회할 모진 말로, 할 소리 못할 소리 마구 뱉어 버렸다. 아무튼 부부싸움이 기 싸움으로 변하면서 사태는 점점 악화되어 급기야 장모님을 통해 이혼하자는 최후통첩을 받기까지에 이르고 보니 결국 내 고집을 포기하고 말았다. 그래서 한 가지로 합의했다. 아이들 밥도 챙겨 주고 장사에도 전념할 수 있도록 가사 도우미를 쓰기로 한 것이다. 그러나 가사 도우미가 일하는 게 마음에도 안 드는 데다 돈도 아깝다며 얼마 지나지 않아서 내보냈다. 그러나 가치관이나 생각이 다른 것을 탓만 했지 설득 못한 내 탓인걸 어쩌랴….

장사는 예상 외로 잘되었다. 개업한 지 채 일 년도 안 돼서 월 매출액이 일 억을 돌파할 때도 있었다. 이웃뿐만 아니라 먼 동네에서 찾아오는 분들도 많았다. 손님 대부분이 중상류층이다 보니 고급 보석 반지가 잘 팔려 마진도 좋았다.

그 당시 서울의 백화점으로 원정 쇼핑하던 최상류층과, 조방 앞이나 동네 금방을 상대로 거래하던 층의 중간 틈새인, 중상층을 노렸던 내 구상이 귀신같이 딱 맞아 떨어진 결과였다. 참고로 지금은 중산층 인구가 해운대 방면으로 많이 이동했지만 그 당시에는 그들이 내가 금방을 하던 부근의 남천동이나 대연동 지역의 아파트에서 많이 거주하던 시절이었다. 주로 거래됐던 보석은 가장 대중적이라 할 수 있는 다이아몬드를 기본으로 하여 보석의 인자라 일컫는 비취, 경도와 아름다움을 두루 갖춘 보석 중의 보석이라 할 만한 장밋빛 정열의 루비, 영국 왕실에서 선호한다는 고결의 코발트 색 사파이어, 어느 장소에서나 어떤 분위기에서나 어떤 옷차림에도 잘 어울리는 진주, 세계 최고의 품질을 자랑하는 언양 자수정, 각종 질병을 낫게 한다는 신비의 보석 에메랄드, 지니면 아름다운 조각상의 여인을 닮아간다는 전설이 담긴 카메오 등이었다.

소매가격으로 삼사백만 원에서 1천만 원 내외의 상품들이 매우 잘 나가는 수요 품목이었다. 사실 일이백만 원에서 많아야 이삼백만 원 정도의 혼수손님을 유치하기 위해 시골까지 왕복으로 차로 모셔야 했던 일을 생각하면 역시나 있는 사람들의 지갑은 열기가 수월하다는 것을 느낀 대목이다. 그래서 중상층과의 보다 많은 교류를 위해 또한 가계와 나의 신분상승도 도모할 겸 골프를 배우게 됐다. 그러나 잘못된 판단임을 금세 깨닫고 중도에 그만뒀다. 대신 아내에게 배우라고 권했다. 왜냐면 남자보다는 여자 분들과의 교류가 필요하다는 점을 깨달았기 때문이다. 그러나 평양감사도 제하기 싫으면 아닌 것을 어쩌랴, 아내는 배우지 않겠다고 했다. 아마 내가 패션모델 선발위원 제안을 거절할 때와 비슷한 심리가 아니었을까 싶다.

노태우 정권이 들어서면서 산업노동자의 획기적 임금인상과 더

불어 국내경기가 매우 활성화되었고 자가용 보급이 급격히 늘어났다. 부동산 경기가 워낙 좋아서 고급 술집도 많이 생겨나 술집 아가씨들 고객도 무시 못 할 고객이었다. 그들은 마음에 드는 물건이 있으면 앞뒤 잴 것 없이 바로 바로 충동구매를 했다.

세공기술도 받쳐주고 급에 맞게 장사 잘하는 판매점원까지 받쳐주다 보니 벌이가 좋았다. 사실 여성 고객을 상대하는 판매원으로는 여자보다 남자가 더 바람직하겠다는 내 생각이 맞아떨어졌다. 중년의 여성고객들에게 이 부장의(점원) 인기가 대단했다. 심지어 자기 집으로 커피 초대를 하는 노골적인 여성 고객도 있었다. 그러나 그는 친절하면서도 경거망동하지 않고 매너와 금도를 잘 지켰다. 내가 생각했던 이상으로 프로다운 프로였다. 조용한 성격이면서도 대단히 부지런했다.

내가 그를 프로라고 느꼈던 일화가 하나 있다. 어느 날 문 닫을 늦은 시간에 술이 약간 취한 듯한 손님이 들어왔다. 자기 아내에게 선물할 거라며 이것저것 어렵게 골라낸 보석 반지가 시가 200여만 원 상당의 것이었다. 이 부장과 그 손님 사이에 조곤조곤 무슨 말이 오갔는지는 알 수 없었지만 문제는 이 부장이 아파트 동·호수와 전화번호만 적힌 메모지 한 장만 받고 그 비싼 반지를 외상으로 선뜻 내어 주었다. 어쩌자고 저러나 싶어 난감해하는 내 표정을 보고는 당당하게, 돈 못 받으면 자기 월급에서 제할 거니까 걱정 말란다. 정말 어이가 없었다. 그런데 그 손님은 이튿날 저녁에 한 푼도 깎지 않고 계산해주면서 명함 한 장을 주고 갔다. 부산

지검 동부지청 검사였다. 평소 이 부장의 자존심이나 프로 정신을 믿기는 했지만 그런 면모가 한층 더 돋보였던 장면이다. 말 나온 김에 덧붙이자면 그의 장사하는 스타일이 내 입맛에 딱 들어맞았다. 야단스럽게 큰소리로 말하지 않았다. 말이 많지 않아 신뢰가 가기도 했다. 아주 신중하고 책임감도 확실한, 그야말로 급이 다른 프로였다.

그때까지만 해도 나도 초심으로 일했기에 세공기사 2명과 이 부장, 그의 부인까지 불러내어 가끔씩 외식을 하거나 영화 관람도 시켜 가며 나름 종업원 관리에 최선을 다했다.

그런데 좋은 일은 혼자 오고 나쁜 일은 동무해서 온다더니, 이 부장이 그만둔 무렵부터 3년여 동안 내리 세 번의 마가 끼어들었다. 그 첫 번째가, 정신병 환자나 다름없는 중년 여성의 터무니없는 거짓말에 속아서 사기에 휘말리기 시작한 것이었다. 돌이켜 보면 너무나 속상한 일이다. 욕심이 눈과 귀를 멀게 한 원인이 아닌가 싶다. 사기당한 스토리는 대충 이렇다. 그 여성은 그 당시 최고급 승용차였던 그랜저에 기사까지 고용해서 고급스런 복장으로 가게를 드나들면서 고급 보석 반지를 구입해 가며 친분관계를 형성했다. 1천만 원 내외의 고가 보석 반지만 골라서 팔아 주겠다고 하며 가져간 보석만도 5천만 원 상당이었다. 그리고 그렇게 한 번 맺어진 관계는 걷잡을 수 없이 그 여인의 거짓말에 끌려 다니는 판국이 되어 버렸던 것이다. 그 당시 부동산 투기꾼들의 명지 및 녹산공단 매립지에 투기가 한창이던 시기였다. 그 여인 역시 매립지의 권리 행사를 할 수 있는 딱지를 수만 평 사 놨다고 했다. 딱지는 등기가 안 된다는 점을 교묘하게 악용했던 것이다. 딱지를 팔았던 농·어민들이 매립지 땅값이 올랐으니 딱지 값을 더 달라고 해서 골치가 아프다며, 보석 판 돈은 그들 손에 다 들어갔다고 했다. 그리고 그 돈은 투자한 걸로 해줄 테니 앞으로 그 돈의 몇 배로 이익을 볼 것인데 그때 가서 고맙다고 해야 할 거라며, 오히려 더 투자하게끔 유도했던 것이다. 나중에야 안 사실이지만 모 중학교 교장 선생님도 그 여인으로부터 사기에 휘말려 학교 공금까지 손대는 바람에 교직에서 해임당했다고 들었다. 그뿐만 아니라 내 아내가 연대보증을 서는 조건으로 아내 친구의 돈까지 사기를 쳤던 모양이다.

또한 그 여인은 입던 밍크 옷을 아내에게 선물했다. 그 당시 여자라면 껌뻑 죽는 선물이었기에 중고품이지만 그에 마음을 빼앗겨 버린 아내의 말을 너무 믿고 냉철하게 대처하지 못한 내 탓도 크다 할 수 있다. 특히 나를 무섭다는 핑계를 대면서 만나주지 않고 자꾸만 피할 때 진작 눈치를 챘어야 했다.

그리고 그 당시 유행했던 소위 부동산 컨설턴트들의 사기에도 넘어가서 20여 년이 지난 오늘날까지 살 때 시세의 절반 값에도 안 팔리는 땅을 사기 당한 일도 가슴 답답한 사건이다. 만약이란 말은 부질없는 말이겠지만, 만약에 그 당시 고향의 동생에게 부탁해서 봐둔 평당 4~5천 원 하던 돌밭을 천 평만 샀더라면 지금 시세로 10억은 족히 된다.

아무튼 두 번이나 사기를 당해서 수금을 제때 못해 주다 보니 오후만 되면 도매상들에게 시달려야 했다. 그래서 뒤처리는 아내에게 떠넘기고 바깥으로 나돌기 시작했다. 오죽했으면 열이 형의 형수가 가게에 왔다가 그 장면을 보고는 나에게 전화를 했다. 얼마면 수금을 해결할 수 있느냐고, 800만 원이면 될 거라고 말했더니 당장 은행으로 입금해 줬다. 너무나 고마운 형수님이다. 그런데 인사도 제대로 못했고 또 진작 갚았어야 했는데 너무 늦어서 미안했다. 너무나 고마웠다는 말 이 기회를 빌어 꼭 전하고 싶다. 그러고 보니 셋째 형수님에게도 고마움 잊지 않고 있다는 말 함께 전하는 바이다.

수천만 원의 사기의 여파는 쉽게 회복되지 않았다. 수금의 시달림은 끊이질 않았다. 나는 줄곧 바둑이나 고스톱에 빠져 사흘이 멀다 하고 밤을 지새우기 예사였고 내 생활 패턴은 완전히 무너졌다. 개업할 때의 초심을 잃어버린 채 가게도 흔들렸고 나도 흔들렸던 것이다. 오죽했으면 체중이 자꾸만 줄었는데도 내 생활이 워낙 절어 있어서 그러려니 생각했다. 그런데 알고 보니 폐결핵 4기였다. 그게 각성의 계기가 되기는 했지만, 그만큼 내 생활이 엉망이었다.

결정적으로 강도까지 당하고 나니 문을 닫을 수밖에 없었다. 하루아침에 정승의 초상집 교훈을 맛보는 신세가 되고 말았다. 잘나갈 때 조심하라는 말은 지극히 평범한 말이지만 정말로 새겨들을 말인 것 같다. 그리고 절대로 이 부장을 내보내지 않았어야 했다. 장사도 장사지만 강도가 노리는 대상이 되지는 않았을 것이라 생각하기 때문이다. 강도당할 무렵의 상황을 살펴보면 여자 점원이 결혼하느라 그만두고 새 점원을 미처 뽑지 못한 시점이었다. 또한 아내의 곗날 날짜와 시간대, 점심 시간에는 손님이 거의 드나들지 않는다는 것까지 상당기간 탐색하고 관찰한 것으로 보인다. 그리고 무엇보다 포대기에 물건을 마구 쓸어 담으면서 "5분 됐나"라는 말을 주고받은 걸로 봐서 많은 부분을 미리 파악한 매우 치밀한 범행으로 보인다.

또한 그들은 3명이 한 조가 되어 한 명은 가게 앞 도로에 차 시동을 켠 채 망을 보고 기다렸던 모양이다. 경찰의 현장조사 결과 포대기를 멘 두 남성이 급히 빨간색 승용차에 타고 달아나는 걸 봤다는 제보자가 있었다. 두 명은 가게에 쳐 들어와서 내가 눈을 못 뜨게끔 가스총으로 제압한 뒤 과도로 옆구리를 찔렀다. 무의식적으로 세공실의 기사에게 알리려고 고함을 질렀다가 목에도 찔렸다. 현찰 약 350만 원을 비롯해 급하게 쓸어 가면서 떨어진 물건을 감안하면 그들이 가져간 물건만도 1억은 넘을 것이다. 목에 찔린 상처는 금세 아물었는데 옆구리를 찔릴 때 폐까지 다치는 바람에 후유증이 심해서 대학 병원까지 가야 했고 49일이 지나서야 퇴원할 수 있었다. 대학 병원으로 옮기기 전에 동네 병원에서 5~6일 동안 있었는데 문병 오는 분들의 수가 너무나 많다 보니 친절하던 간호사들이 짜증을 부릴 정도였다. 꽃바구니, 과일, 음료수 등 현물뿐만 아니라 현금도 약 500만 원 정도 들어왔으니 그 북적거림이 짐작될 것이다. 그런데 가게를 접고 나니 언제 그랬냐는 듯 너무나 적막한 생활이 되었다. 그래서 정승의 초상집 교훈을 얻었다는 말로 표현했던 것이다.

이 부장을 내보낸 데는 그럴 만한 이유가 있었다. 월급을 너무 많이 줘야 하는 것도 부담이지만 아내는 그가 근처에 금방을 차리기라도 하면 손님 다 뺏긴다고 염려했기 때문이다. 그만큼 이 부장이 장사도 잘했고 고객들에게 인기도 많았다. 실제로 광복동 모금방의 일류 점원이 단골 고객의 연락처를 몽땅 빼돌려 금방을 차린 사례가 있었다. 그래서 은수저가 없어졌다는 둥 온갖 핑계를 대가며 우기는 바람에 하는 수 없이 약 일 년 반 만에 여자 점원으로 교체했다. 너무나 후회되는 대목이다. 이토록 자꾸만 곱씹는 이유는 내 고집대로 못한 것 중 가장 후회가 되는 대목이기 때문이다. 돌이켜 생각해 보면 대부분 아내의 고집이 내 고집을 넘어섰다. 그러나 나는 언제나 주변에서 고집쟁이라는 말을 듣는다. 어느 여성 강사가 세상의 많은 어버지들은 어머니에 의해 많이 편집된다고 했다. 정말 공감되는 말이다.

하지만 다 잘살아 보겠다고 벌어진 일들이다. 자꾸 되씹어봐야 무슨 소용인가. 오히려 불행만 더 초래할 거라고 다짐하면서 이 작은 가슴을 다스려 왔다. 삶은 선택이 중요하고 그것도 능력이라는 말은 정말 맞는 말이라고 생각한다.

인간은 아픈 과거를 잘 잊지 않는다고 했다. 다만, 여자는 밖으로 곱씹고 남자는 삭이면서 감추고 산다는 말, 적극 동의하는 바다. 왜냐면 여자는 몇 십 년 전의 일도 싸울 때마다 퍼부을 수 있고 또 자식들이나 혹은 친구, 친지들과도 어울리면 남편 흉도 보고 원망도 하면서 스트레스를 풀 수 있지만 남자는 누구에게도 말 못하고 아무렇지도 않은 것처럼 살아가기 때문이다. 남자가 얼마나 외로운 존재인가를 여자들은 잘 모를 것이다.

40대를 가리켜 인생의 황금기라고 들었다. 나 역시 평생에 유일한 전성기였다. 그러나 불행하게도 가장 방탕했던 시기이기도 하다. 물론 지난날에도 일탈행위가 전혀 없기야 했겠냐만 나름으로 가정에 충실하려 했고 나름으로 행복했다. 그런데 어찌하여 내 생애 최고의 황금기를 잦은 부부싸움과 나의 타락한 일상으로 보냈을까. 오죽하면 고1이던 아들놈이 강도당하니까 더 좋다고 했다. 엄마가 집에 있어서 좋고, 엄마 아빠가 싸우지 않아서 좋다는 것이었다. 생각하면 너무나 가슴 아픈 말이다.

흔히들 하는 말로 목숨만 건진 것도 다행이라 생각하라는 격려의 말은 아무런 위로도 되지 않았다. 오히려 시간이 지날수록 견디기가 힘들었다. 지나고 보니 소위 갱년기 증상까지 겹쳤던 게 아닌가 싶다. 낙서 수준의 글을 써 놓고 시라고 착각하는가 하면 술에 취하면 말이 많아지고 실수도 잦았다. 그럴 때 흉허물 없이 술 한잔 나눌 수 있는 친구들이 곁에 없었다면 견뎌내기가 더 힘들었을 것이다. 그런데 나이가 들어감에 따라 만남들이 소원해지기도 하고 한 명, 두 명 유명을 달리하고 나니 점점 혼자가 되어 가고 있다. 왠지 가깝게 지내던 곁들이 자꾸만 떠나는 것 같아서 더욱 아쉽게 느껴진다.

1993년 9월, 치매로 고생하시던 어머님께서도 운명을 달리하셨다. 강도당하기 43일 전의 일이다. 내가 목숨을 건진 것은 저승에 계신 어머님의 보살핌 때문이라는 덕담도 많이 들었다. 일생 동안 너무나 고생만 하셨는데 죽음마저 자식들에게는 아무런 낌새도 주지 않으시고 혼자서 외롭게 가셨다. 부모님 시대의 가치관으로 따진다면 임종 못한 자식들의 불효가 매우 크다고 할 수 있을 게다. 그러나 나는 편한 마음으로 가셨을 것이라고 생각한다. 왜냐면, 이승에는 아무런 미련이 없었을 테니까.

어머님! 살아생전에 단 하룻밤만이라도 서로 속마음 털어 가며 애틋한 시간을 갖지 못한 것이 너무나도 아쉽고 후회스럽습니다. 두 번이나 가출했던 다섯째 아들 '을'이가 가출 앓이 좀 했었다는 하소연도 좀 하면서 하룻밤 지새우지 못한 것도 아쉽고 형님들이 회갑기념으로 해 드린 금비녀를 형님들 몰래 금방 개업할 때 쓰라며 갖다 주셨을 적에 끝까지 거절하지 못한 것도 후회스럽기가 그지없습니다. 내가 드리는 용돈은 형님들 앞에서는 받아서 꼬깃꼬깃 모아뒀다가 거기에 더 보태서 주위의 눈을 피해 한사코 내 호주머니에 쑤셔 넣어 주셨지요. 그때 혹여 누구에게 들킬세라 완강하게 거절 못했던 것도 후회스럽기가 그지없네요.

어머님! 당신은 자식이 많으니까 신경 쓸 것 없다 하시며 장모님에게 잘해 드리라고 자주 말씀하시었지요. 그래서 이 불효자는 장모님에게 더 잘했던 것 같습니다. 그래서 장모님의 사랑도 제법 받았답니다. 그게 다 자식을 위한 어머님의 배려와 사랑임을 이제야 깨닫습니다.

어머님! 가슴 아픈 사연 한 가지만 더 풀어볼까 합니다. 평소 어머님은 자식들을 위해 정화수를 길어다 놓고 기도하시는 모습 종종 보이셨지요. 그날도 아마 군대 간 셋째 아들 기도드리기 위한 걸로 짐작하고 있습니다만 이른 새벽에 정화수를 길러 가셨다가 미처 우물 벽을 두르지 못한 새로 파놓은 우물에 빠지셨지요. 밤눈 어두우신 어머님이 헛발을 디뎌 그 깊은 우물 속에 빠졌을 때 담 하나 사이로 이웃한 4촌 형수님이 발견했기에 망정이지, 지금도 그때 일만 생각하면 아찔한 마음을 지울 수가 없답니다. 우물의 깊이가 4m는 족히 되었을 텐데 다친 곳이 없었던 것도 그저 다행스럽습니다. 그때 저 혼자서 어떻게 어머님을 구해 냈는지, 아마도 인간에겐 급할 때 쓰도록 잠재해 있는 초능력이 있나 봅니다. 어머님은 그때 얼마나 아프셨고 얼마나 놀라셨고 얼마나 속상하셨는지요? 그런 경황 속에서도 아무한테도 말하지 말라고 신신당부 입조심시키실 때, 사실 저는 남세스러워서 그러시는 줄 알았지요. 그런데 철들고 보니 자신의 존재 가치를 무시하고 살아온 삶의 습관에서 비롯한, 남편이나 자식들 걱정하는 게 당신의 아프고 속상한 마음보다 중요했기에 한 말씀이셨습니다. 생각하면 가슴이 미어집니다. 일편단심 그렇게나 위하시고 그렇게나 사랑하셨던 아버님의 곁으로 가신 지도 어언 20여 년, 그토록 입단속하셨던 비밀 이야기를 한다고 저승에서 보시고 야단치실지 모르겠지만, 그러나 평생을 치러야 했던 밤눈 어두운 어머님의 마음고생과 내색 한 번 못한 한을 한 자락이라도 풀어 버리고 싶었답니다.

사실 우리 어머님들 세대는 여자로 태어난다는 것 자체가 불행의 씨앗이 아니었나 싶다. 장모님 역시 매우 불행한 삶을 사시다가 가셨다. 장인어른은 내가 결혼하자마자 돌아가셨기 때문에 잘 모르지만, 장모님은 나를 매우 신뢰하셨을 뿐만 아니라 좋아하셨다. 오죽하면 사위에게 담배 사 피우라며 용돈을 챙겨주시던 분이시다. 첩을 두고 두 살림을 하시던 장인어른과의 불화로 젊은 나이에 혼자 몸으로 오직 재봉틀 하나만 갖고 부산으로 내려와 진 시장에서 한복 바느질로 여섯 남매 뒷바라지를 했고, 장남은 대학원까지 보내 가며 억척스럽게 살아오신 분이다. 유모까지 두었을 만큼 유복한 양반가문의 외동딸로 태어났으나 출가 이후 여자의 몸으로 거친 세파를 헤쳐 온 이런저런 살아온 과거사를 보면 화초로 태어나서 들풀처럼 살다 가신 분이시다. 노령에는 요양병원에서 근근이 목숨만 연명하시다가 저승문턱에서 대기 중인 같은 병동의 환자들 틈에서 외롭게 가셨다.

나이가 들면서 달라지는 것 중에 곁이 자꾸만 떠나 버린다는 사실이다. 그렇게나 건강해 보이던 열이 형도 떠나고 동생도 떠나고 큰형님도 떠나셨다. 피붙이뿐만 아니라 고향친구 객지친구 할 것 없이 곁이 자꾸만 사라진다. 인생이란 이렇게 점점 혼자가 되어 가는가 싶다. 동생과 열이 형은 너무 일찍 가버렸다. 마음이 맞았던 형제들인데 애석하기가 그지없다. 그나마 동생은 산골짜기에서 닭 농장 할 당시에 아내가 애쓴 보람으로 진 시장 사람들에게 주문받은 닭(육계)을 배달하기 위해 가끔 농장에 들렀었는데, 어느 날 밤 컨테이너 박스에서 밤을 지새우다시피 하며 서로의 회포를 나눴다. 그 기억이 가슴 짠하게 남아있다. 그런데 작은 가슴에 무슨 사연이 그토록 많았는지 '남자라는 이유로'라는 노래를 곧잘 부르곤 하더니 그 세월이 너무 길게 느껴졌을까, 낌새도 없이 홀연히 가버렸다. 가기 하루 전 조카의 결혼식 마치고 식사하는 자리에서 감주가 맛이 좋다며 한 그릇 떠와서 먹어보라며 권했었다. 평소에 안 하던 행동이었는데 그게 마지막이 되어버려서 더욱 마음이 아프다.

열이 형은 부모 이상으로 나에게 신경 써 준 남다른 형이다. 특히 마금산 온천지 부근에 사둔 땅값이 많이 올랐다며 팔면 나와 여동생을 도와주겠다던 평소의 약속을 지켜 내가 황제보석 개업할 때 1천만 원은 나를 도와줬던 고마운 형이다. 그러나 내가 형에게 해 줄 수 있는 거라곤, 물론 형의 부탁이기도 했지만, 허가증 명의를 형 이름으로 해 주는 것이 전부였다. 그 시절은 뚜렷한 직장이나 납세 실적 없이 과도한 부동산 취득이 있을 시 자금 출처 조사 대상이나 세무 조사 대상 리스트에 올라 관리대상이 되었고 일본 등 외국 여행 시 비자 내기도 어려웠던 시절이었다.

형에게 일일이 생색내지는 않았지만 그 당시 특소세를 조합에서 관리하던 시기라, 특소세를 형 명의로 내게끔 조치한 것도 나름 내가 보일 수 있는 성의였다. 그 당시만 해도 금방의 부가세 제도가 지금처럼 정착되지 못해서 인정과세로 세금을 매기던 때라, 특소세로 인한 부가세의 과세표준액이 높게 잡힐 수밖에 없었고 따라서 다달이 내가 부담해야 하는 세금 액수가 높을 수밖에 없었다.

이토록 좀스럽게 얘기를 늘어놓는 것은, 형님이나 형수님께 크게 한 번 은혜를 갚을 거라고 마음에 담고 있었던 바가 강도 사고로 인해 물거품이 되고 보니 마음의 부담감을 떨쳐 버리지 못했기 때문이다. 나 자신에게 던지는 변명거리라고 이해해 줬으면 좋겠다.

자기 감정 표현이 서툴러서 가끔 나에게 오해와 섭섭함을 줄 때는 있었지만 정말 고마운 형이었다. 그런데 너무나 안타까운 나이에 저 세상으로 가 버렸다. 참으로 아쉽고 그립다.

인생 후반기의
숱한 변곡점

내 생애 좋았던 황금시절은 순식간에 지나가 버렸다. 돌이켜 보면 짧은 동안이었지만 갑작스런 사회적 신분상승으로 사장님, 사모님이라는 호칭에 익숙해졌고 따라서 어울리는 주위가 달라지다 보니 옛날의 하잘 것 없던 과거를 감추려는 데 급급한 못난 인간이 되었다. 당당했던 배짱마저 소멸되어 버린 나약하고 부끄러운, 참으로 못난 인간으로 변모해 있었다. 무슨 일을 하려 해도 먼저 사회적 체면부터 생각하게 되었고 나의 거취가 나 개인만의 문제만이 아니라는 오만한 생각으로 경비원이나 기타 폼 떨어지는 일은 거들떠보지도 않게 되었다. '나'라는 한 인간의 가면 속 참 모습이 그랬었다. 금방 개업도 강도 당한 금방 못지않은 금방을 차려야 한다는 생각만 머리에 맴돌다 보니 사기꾼 여자의 터무니없는 거짓말을 믿고 싶었던 건지도 모르겠다. 그 당시 강도당한 가게에서 5천만 원 이상의 권리금도 챙길 수 있었는데 사기꾼 여자의 거짓말을 믿고 무려 10개월여 문을 닫은 채 돈 받을 날을 기다리며 시간을 끌다 보니 결국 권리금을 한 푼도 못 챙겼다. 전세금조차 월세로 다 날려 버린 채 가게를 비워 줘야만 했다. 사기꾼 여자의 거듭된 거짓말로 인한 금전적 손해만도 아마 수억 원은 될 것이다. 너무나도 어리석었던 순간들이었다. 그녀는 나에게 악마나 다름없는 여인이다. 그렇든 말든 강도만 당하지 않았어도 지금쯤 떵떵거리며 살 텐데.

아무튼 돈을 받으면 금방을 크게 개업할거라는 요량으로 우선 임시방편으로 진 시장에서 주단장사를 개업했는데, 그로 인해 조방 앞 중앙귀금속상가에서의 기회를 놓친 것은 참으로 후회되는 일이 아닐 수 없다. 왜냐면 그 당시 나와 같은 업을 하는 나의 괜찮은 친구가 금방을 집어치우고 빵집을 하려는 것을 내가 적극적으로 말려서 빵집 대신 중앙귀금속상가에서 자리를 잡아 크게 성공을 거두었기 때문이다.

나에게 찾아왔던 운은 잠깐 동안 머문 뒤 또다시 시련을 맞게 되었다. 인생은 실패할 때 끝나는 것이 아니라 포기할 때 끝난다는 좋은 말도 있지만, 그저 좋은 말일 뿐 현실에서 헤어나기가 쉽지 않았다. 한동안 마음을 못 잡고 방황하다가 고심 끝에 선택한 직업이 교보생명과 삼성화재의 보험대리점이었다. 사실은 중국 참깨 보따리 장사를 비롯해, 광복동이나 서면 지하상가에서 액세서리 장사 등을 하려고 청사진도 그려 놨지만 결국은 밑천 없이 할 수 있다는 이유로 보험을 선택했다. 잘못된 선택이었다. 차라리 적은 밑천으로 할 수 있는 참깨 보따리 장사부터 시작해서 경험을 쌓아 무역업 쪽으로 눈을 돌렸더라면 더 나은 결과를 가져오지 않았을까 싶기도 하다. 나름대로 구상이 있었기 때문이다. 그런데 그 당시 가끔씩 만나왔던 초등학교 동기생 중에 해운업을 하던 친구가 있었는데 어느 날 그의 명함이 부산~중국간 국제여객선을 운행하는 '○○해운' 대표이사로 바뀌어 있었다. 보따리 장사는 어차피 배를 이용해야 하기 때문에 그의 도움을 받을까 해서 찾아갔다가 되려 마음을 접게 됐다. 그러니까, 서화(書畵) 및 고급 골동품으로 장식해 놓은 서재는 물론이려니와 골프 퍼팅 연습장까지 갖추어 놓은 너무나 화려하고 으리으리한 사장실 분위기에 평소 여간해서는 잘 기죽지 않는 내가 왠지 나 자신이 너무 초라하고 작아 보였다. 그래서 찾아간 진짜 속내는 감추고 이런저런 농담만 주고받다가 돌아왔다. 참깨 무역은 인천항에도 길이 있었지만 결국 포기하고 말았다. 사무실의 규모나 럭셔리한 사장실의 인테리어로 봐서 이 친구 참 많이 컸구나 싶기도 했지만, 한편 뱃사람을 상대하는 사장실의 분위기로는 거북스럽다는 느낌이 들었다. 역시 오래 못 가서 부도가 났다는 소문을 들었다.

아무튼 보험대리점 자격시험을 보기 위해 기출문제와 소양과목 등 교육연수원에서 실시하는 일정 기일의 교육을 이수한 후 각각 1차로 합격해서 당사에서 제공해 주는 사무실로 한동안 열심히 출근했다. 그런데 행복은 성적순이 아니라 했듯이 보험 실적 또한 절대로 시험 성적이 아니라 적성이라는 것을 눈으로 경험했다. 그러니까, 동료 중에 7전 8기, 즉 여덟 번 만에 대리점 자격시험에 합격했다는 한 젊은 친구는 실적이 승승장구하는 데 반해 단번에 합격했던 나를 비롯한 몇몇 분들의 보험 실적은 시험 성적과는 정반대의 결과였고 그 격차는 날이 갈수록 심했다. 보험계약 성적은 곧 수입이고 그 수입을 올리는 것은 오직 계약 건수와의 싸움이지만 친인척이나 지인들만으로는 한계가 있었다. 참고로 보험 대리점 생리상 보험건수를 못 올리면 자리까지 박탈당하는 냉혹한 현실이었기 때문에 지출 감당은 생각 않고 무리하게 가족들 보험을 마구 계약을 했다가 낭패를 보는 사람도 더러 있었다. 그럴 만큼 개척하기가 하늘의 별 따기였다.

그래서 생각한 것이 연산동으로 옮긴 부산시 청사(廳舍) 및 경찰청 부근에서 보신탕 전문식당을 하는 것이었다. 현지 답사를 수차례 한 끝에 가게까지 물색해 두었다. 나는 구포시장에서 주재료인 개고기와 장거리 구매를 담당하고 일류 요리사를 주방 담당으로, 아내는 식당 홀을 담당하는 것으로 계획했다. 마음의 각오를 단단히 하고 어렵게 내린 결단이었다. 음식장사란 소규모로는 돈을 벌수 없다는 생각과 어차피 그 방면으로 발을 디딜 바에야 좀 크게해 보겠다는 생각이었다. 그래서 일류 요리사 채용까지 염두에 둔 것이었다. 그러나 언제나 그러하듯 결정적일 때 아내가 적극 반대하여 생각을 접고 말았다. 물론 아내의 판단이 옳은지도 모를 일이기는 하지만.

그러나 세월은 절대 기다려 주는 법이 없었다. 어느새 아이 둘은 대학생이 되었고 지출은 자꾸만 늘어났지만 경험도 없이 시작한 주단 장사는 겨우 입치레나 해결할 정도였다. 어쩔 수 없이 강도들이 급하게 쓸어가면서 바닥에 떨어졌던, 내가 금쪽 같이 아끼던 물건들을 하나둘 처분할 수밖에 없었다. 떨어진 물건의 액수만 해도 상당했다. 완전 고물가격으로 쳐서 팔았지만 주단장사 개업하면서 2천여만 원어치를 썼고 등록비 등 수년 동안 생계비 지출로 처분한 물건만도 4천여만 원 정도 되었다. 가공비 등 구입 원가의 약 30% 손해를 보면서 처분하자니 마음이 아팠다. 특히 구입단가가 600만 원이었던 비취 반지를 350만 원에 넘길 때는 여간 속이 쓰린 게 아니었다. 지나고 보니 수입 대비 무리하게 낙찰계를 하는 바람에 그토록 쪼들릴 수밖에 없었던 모양이다. 사실 보험 들기를 좋아하는 아내였지만 정작 내가 보험 대리점을 할 때는 보험 계약 한 건이 나에게 얼마나 아쉽고 절실한지 알면서도 보험 한 건 들어주지 못했다. 그렇게나 아끼던 금붙이를 다 팔아야 할 만큼 왜 그토록 무리를 했는지, 좌우간 경제 논리상의 손익 계산은 차치하더라도 그네의 마음고생이 오죽했을까 생각하면 마음이 아프기도 하다.

　강도당하기 전부터 안고 있던 아파트 담보 은행 대출이며 보험회사 대출, 대학 등록금 융자까지, 이자 지출만도 만만치 않아 상황은 날로 악화일로였다. 그러나 IMF 여파로 보험 경쟁자가 점점 늘어나다 보니 수입으로는 이자 감당도 어려웠다. 모색 끝에 또 한 번 시도한 것이 일본을 오가며 진주를 수입해서 도매로 넘기는 보따리 장사였다. 이미 거덜 난 형편이라 장사 밑천이 없어서 큰동서에게 5백만 원을 빌려서 했다. 워낙 마진이 좋다 보니 수입이 제법 짭짤했다. 그런데 서너 차례 해 보니 문제점이 있었다. 밑천이 짧다는 것과 도매라는 간판을 내걸 수 있는 사무실이 없다 보니 판매하기가 매우 어렵다는 점이었다. 오죽하면 지난날 남천동 황제보석 시절에 우리 가게에서 일했던 이 부장이 창선동의 모 백화점에서 일하고 있다는 걸 알고 진주비즈나 나석 몇 개라도 팔아 보겠다고 찾아갔다. 그런데 사 놓은 물건이 많다면서 난처해했다. 내가 얼마나 궁하고 추하게 보였을까. 내 선의만 믿고 찾아갔던 자신이 너무나 한심스럽고 후회스러웠다. 아내의 말마따나 참 눈치도 없이 찾아갔던 것이다. 돈이 돈을 번다고 밑천이 짧다 보니 여러 가지로 장애가 많았다. 그래서 그 당시 은행 금리가 10%대일 때 초저금리 3%의 중소기업지원 정책 자금을 가까운 지인을 통해 5천만 원 융자받았다. 물론 줄이 없으면 지원받을 수 없는 특혜였다. 그 5천만 원의 밑천을 갖고 더 큰 장사를 해 보려고 태국과 미얀마 국경 지대의 광산에서 직거래되는 보석인 루비 수입을 해 보기로 했다. 그런데 마진율이 좋다 보니 기존 경쟁자들이 많았다. 그래서 나는 백화점에서나 거래할 수 있는 단가가 아주 비싼 고급품으로 승부하기로 했다. 그러니까, 사무실 얻을 돈으로 단가가 3천만 원 내지 5천만 원 정도의 고급품을 취급하기로 한 것이다. 내가 루비만은 보는 눈에 제법 자신이 있었기 때문이다. 한 달에 한 개만 팔아도 수입이 꽤 괜찮을 것 같았다. 그뿐만 아니라 고급 물건은 판매에도 어려움이 없었다. 그런데 고급 물건은 구하기가 어렵다는 게 문제였다. 태국을 세 차례나 방문했지만 내가 원하는 물건은 구하지 못했다. 현지인들의 말에 의하면 한 달이고 두 달이고 무작정 기다려도 보장은 못한다고 했다. 그래서 때마침 현대백화점 맞은편에 귀금속 상가분양이 있기에 나도 좋은 자리를 분양받아 또 한 번 금방을 개업했다. 그동안 금쪽같은 금붙이 다 팔아먹고 뒤늦게 뒷북을 친 것이다. 융자받은 5천만 원은 그렇게나 무리해서 부어온 낙찰계를 타서 때 맞추어 잘 갚았다.

늦은 감은 있었지만 금방을 차리자마자 제법 흑자를 유지할 수 있었다. 그럴 즈음 내가 살고 있는 아파트 재건축 사업에 자의 반 타의 반으로 재건축사업 추진위원장직을 맡게 되었다. 그동안 태평양 아파트에서 줄곧 20여 년을 살아오다 보니 동 대표와 추진위원회의 대의원으로 선출되어 자주 회의에 참석했다. 그렇게 관심을 갖다 보니 몇몇 대의원들로부터 등 떠밀려 엉겁결에 맡게 되었다. 그런데 나에게 잠재해 있는 추진력과 리더십이, 나에게도 이런 점이 있었던가 내 스스로 놀랄 정도였다. 사흘이 멀다 하고 반상회, 간담회, 주민공청회, 서울 출장 등을 다녔다. 재건축 추진 사업은 빠르게 진행됐다. 직전 추진위원장이 약 2년 동안 이끌어 오면서 가장 기초가 되는 주민 75% 이상 찬성 동의서조차 올바로 징구하지 않아서 전부 다시 받아내야 했다. 인감도장까지 받아야 하는 그 과정들이 쉽지는 않았지만, 주민들에게 협조를 요청하기보다는 질문을 받는 쪽으로 유도를 했던 것이 일부 주민의 닫혔던 마음에 많은 변화를 가져왔던 것 같다. 아무튼 불과 8개월여 만에 많은 일을 해냈다. 특히 대서소나 법무사 등에 맡기지 않고 내가 직접 작성해서 상가 점주들에게 띄운 '최고장'을 봐도 내가 얼마나 열정적이었는지를 여실히 볼 수 있을 것이다. 다음은 그 최고장의 초안이다.

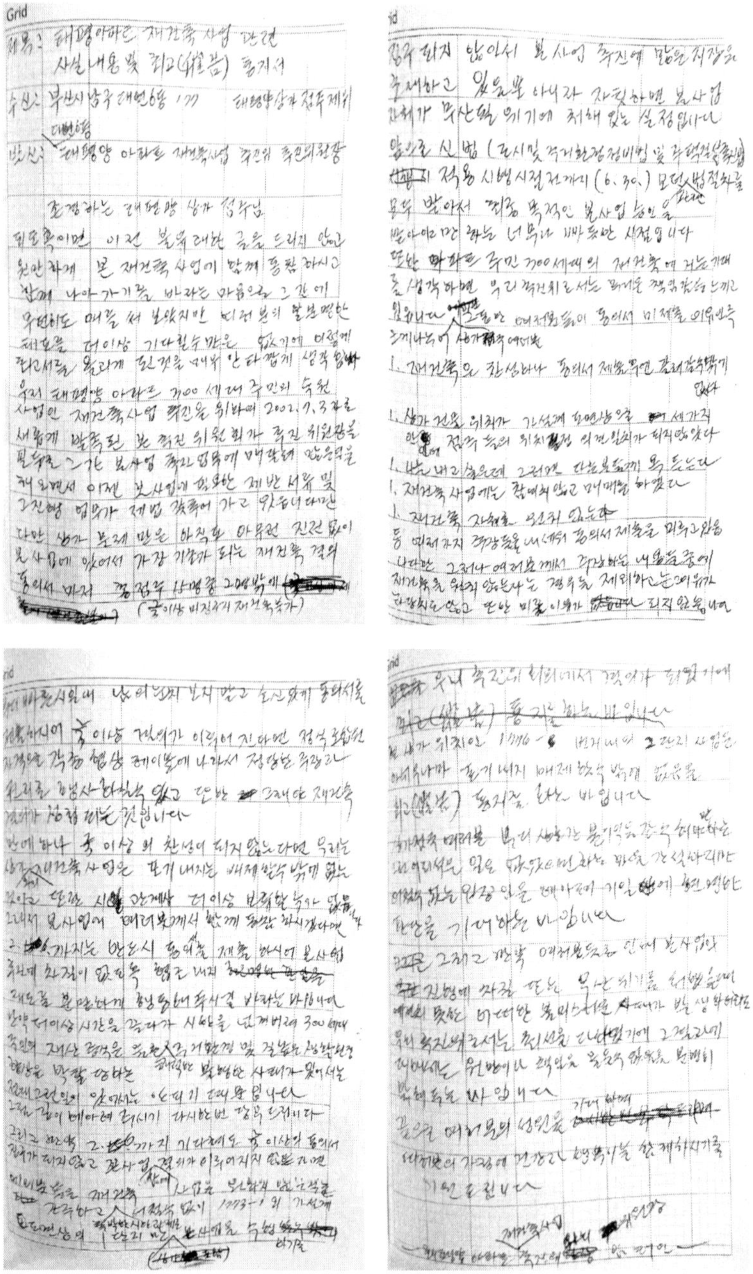

나는 경비를 아끼기 위해 뭐든 직접 했다. 정비업 용역업체와 계약하는 수월한 길을 마다하고 내가 몸소 일처리를 다 했다.

그러나 아쉽게도 끝을 보지 못했다. 후회가 되는 대목이다. 그런데 이제야 고백하지만, 내 비겁함이 나를 그렇게 만들었다. 그러니까, 우리 아파트 재건축의 사업성이 그다지 좋지 않다 보니 가장 바람직하다고 생각했던 건설사와 경합을 붙이기는커녕 2군 건설사들조차도 외면했다. 그러다 보니 현대산업개발과 우선협상대상자 관계를 맺어서 일을 진행해 왔다. 그런데 도시 및 주거환경 정비법 및 주택건설촉진법의 신법적용 시한(2003년 6월 30일)이 임박한 막판에 와서야 우리의 요구 조건에 못 미치는 최후의 협상결과를 내놓았다. 즉, 참여를 하지 않겠다는 통보나 다름없었다. 사업성이 떨어진다고 2군 건설사조차 쳐다보지도 않는 형편이다 보니 낭패가 아닐 수 없었다. 만약에 그 기회를 놓치게 되면 200%대의 용적률이 적용되는 신법으로는 우리 아파트의 재건축은 물 건너간 거나 마찬가지였다. 더구나 그동안 안전진단검사, 교통영향평가, 가설계 등 1억 원이 훨씬 넘는 큰돈을 투자했는데, 만에 하나 재건축이 무산되면 나한테 돌아올 책임이 어마어마할 것이었다. 그게 겁이 났고 무겁게 느껴졌다. 수일 동안 잠을 설쳐가며 고민하고 또 고민하며 아내와도 의논하고 형님이나 친구들과도 의논한 결과, 결국 현대와의 계약이 무산된 데 대한 책임을 진다는 명분을 내세워 추진위원장직을 물러나겠다는 사직서를 써 내고 말았다. 그리고 이틀 동안이나 따라다니며 그만두지 못하도록 나를 설득하며 애쓰던 총무에게 후임을 맡게 했다. 특별한 귀책사유가 없는 한 추진위원장이 조합장이 되는 자리이기 때문이었다. 사실은 부위원장이 1순위였지만 그 사람은 자기가 조합장이 되면 월급을 안 받겠다는 황당한 공약을 내놓는가 하면, 부위원장이면서도 무책임한 데다 적극적으로 협조 안 하던 부분도 마음에 안 들고 해서 후임을 총무가 맡도록 힘썼다. 그 결과 내가 원하는 대로 총무가 위원장을 맡게 되었다. 그리고 내가 권유한 여성을 총무로 대체했다. 그런데 한 가지 억울한 점은 동원건설 등 2군 회사들조차 눈길도 주지 않던 건설사들이 막상 내가 그만둔 뒤, 그러니까 내가 다시 번복할 수 없는 시점에 와서야 두 회사씩이나 참여를 했다는 것이다.

스스로 약아 빠진 비겁쟁이거나 무책임한 사람은 아니라고 생각했었는데, 내가 취했던 행동이 부끄럽기도 하고 한편 복이 참 없다 싶기도 하다. 너무 빠른 결단을 내렸던 듯하다. 잘못된 결정보다 늦은 결정이 더 나쁘다는 말이 있지만 나는 빨라도 너무 빠른 결정을 내렸던 것이다. 다만, 내가 금방을 개업한 상태가 아니었더라면 이판사판 승부를 보았을 것이다. 세대수가 450여 세대밖에 안 되는 소단지이다 보니 조합장 월급도 만족할 만한 액수가 아닌 데다 직책상 상근을 해야 해서 최종 결단을 내리는 데 금방이 큰 영향을 미친 것이다.

아무튼 시공사만 정해지면 재건축 사업은 차질 없이 진행할 수 있을 만큼 추진위의 업무를 거의 마무리 해 놓은 상태에서 물러났다. 누구나 할 수 있는 일이겠지만 그러나 달콤한 유혹을 다 뿌리

치고 당당하게 해냈다는 보람과 자부심으로 스스로 만족하면서 재건축 일에는 애써 관심을 끊었다. 다만, 그만두면서 조합장에게 몇 가지 당부했던 것들 중에서 태평양 아파트 시절에 개발해 놓은 수량도 풍부하고 수질도 아주 좋은 지하수를 살리는 것이 있었는데 그걸 하지 않은 것은 너무나 아쉬웠던 대목이다.

아무튼 조합장은 비리에 연루되어 옥살이를 하고 나왔다. 그런데 그 비리를 밝히는 일에 나도 일조를 했다는 것도 왠지 마음이 씁쓸하다.

어느새 내 나이도 오십대 후반까지 달려와 있었다. 아울러 자식들 또한 큰딸은 이미 혼기가 꽉 찼었고 둘째 역시 결혼 적령기에 들어 있었다. 막내인 아들은 대기업 연구원으로 취직되어 부모의 마음을 흡족하게 했다. 말 나온 김에 내 자식들 이야기도 좀 하고 넘어가야겠다.

막내이자 장남인 아들은 대기업의 연구원이 됐다. 그 막강한 인재들과의 경쟁에서 이겨 소프트웨어 코딩 분야 등, 우수상도 여러 차례 수상했고 부상으로 우리 내외 여행도 보내주어 덩달아 호강을 했다. 특히 장영실과학상을 수상했을 때 시상식 초대를 받았을 땐 내 자식이지만 참으로 대견스러웠다. 아파트 대출금과 승용차 구입비 등 큰돈을 부모 밑에 넣고도 생활비는 물론 부모 용돈도 통 크게 챙겨 주고 있다. 그런데 외국어도 서툴 텐데 미국, 일본 등 잦은 출장에 업무수행을 어떻게 해내는지, 특히 일본 동경대학교와 공동 연구를 위해 수개월 동안 일본에 머물 때에는 얼마나 힘들었을까 싶다. 남과 같이 외국어를 가르치지 못했던 것이 항상 마음에 걸린다.

큰딸은 혈혈단신 서울로 진출하여 IT 관련분야에서 벤처창업을 하려고 사업설명회까지 준비했다가 IMF가 터지는 바람에 뜻을 이루지 못하고 프리랜서로 일하면서 프로젝트가 끝날 때마다 틈틈이 지구촌 구석구석 배낭여행을 즐기며 가슴이 원하는 대로 자유롭게 살아가고 있다. 히말라야 산맥의 안나푸르나 트레킹을 완주하는가 하면 실크로드를 여행하면서 고비사막 횡단도 당차게 해냈다. 낙하산에서 떨어지는 아찔한 스카이다이빙도 즐기고, 그리고 어렸을 적 유난히 물을 겁냈던 아이가 그걸 극복하기 위해 해외에서 다이버 자격증도 따 왔다. 자식이지만 참 대단하다 싶다. 그러면서도 부모 생활비를 2008년부터 지금까지 다달이 꼬박꼬박 주고 있다. 우리 내외 서울 투어도 벌써 여러 차례 시켜주고 있다. 그런데 워낙에 자유로운 영혼이라 결혼이라는 틀 안에 갇혀 사는 걸 싫어해서 결혼은 아예 관심이 없다.

그래서 둘째 사위를 먼저 보게 되었다. 사위가 매우 부지런하고 가정적인 데다 믿음직스러운 면이 있고 서로 잘 맞는다. 둘이 잘 만난 것 같아서 다행이다. 시부모님들이 좋아 보여서 더욱 마음이 놓인다. 사위는 주위의 반대를 무릅쓰고 젊은 사람이 전통문화에 관심을 갖고 계승 발전시키는 일에 기꺼이 종사하려는 배짱을 가졌다. 대학원 코스를 거쳐 기어코 대학 강단에서 후학 양성을 하겠다는 꿈을 이뤄 내는 열정을 보니 기특하기도 하다. 오래 전의 전통문화가 오늘날에도 훌륭한 예술적 가치는 물론 사회적 가치를 지닌다는 걸 그로 인해 새삼 느끼게 되었다.

큰아이도 전공과는 무관한 분야에서 성공을 거두었지만 둘째 역시 전공과는 무관한 영어 학원을 차려서 아이들을 가르치는 걸 보면 다들 참 기특하다. 그러고 보니 막내도 전공을 진작 바꿔서 성공을 거두는 걸로 봐서 부모가 자식의 적성을 너무 몰랐던 것 같다. 아이들의 진로나 학과 선택은 그들의 뜻에 맡기는 게 가장 바람직한 선택인지도 모르겠다.

그런데 큰딸이 꼬박 꼬박 생활비를 부쳐주는 것이 만약 결혼을 했었다면 자식한테 들어가야 할 돈을 부모한테 희생하는 것 같은 마음이 들어서 더 미안하다. 그리고 막내는 못난 아비 탓으로, 혹여 아들이란 책임감 때문에 결혼을 자꾸만 망설이고 있는 것은 아닌지 모르겠다.

두 딸이 힘을 모아 칠순 잔치를 챙긴다고 온 식구가 곰으로 여행을 다녀왔다. 내 생애 가장 행복했던 시간이었다. 자식들이 하나같이 효성이 깊다. 그리고 스스로들 잘 자라줘서 참으로 고맙다.

딸 시집보내는 아비의 심정은 어떠할까 싶었는데 막상 둘째를 보내 보니 영원한 헤어짐도 아닐뿐더러 이별에 대해 크게 와닿지 않았다. 다만 좀 더 잘해 주지 못한 것이 걸렸고 결혼생활 잘해야 할 텐데 하는 걱정이 될 뿐이었다. 그런데 사돈집에 신행상객으로 갔을 땐 술이 취해서인지 막상 두고 오려니까 왠지 울컥 눈물을 보일 뻔했다. 아마 두고 오는 것에 덜 익숙한 탓이리라.

내 나이 59세에 외손자도 보았다. 누군가가 말하길 할아버지가 돼 봐야 손자 귀여운 줄을 안다더니 정말이지 얼마나 사랑스럽고 귀여운지, 젊을 때와는 또 다른 예쁨과 기쁨이 있다는 걸 깨닫게 해 줬다. 한때나마 나의 기쁨이고 즐거움이고 행복이었다. 이젠 어릴 적처럼 자주 보지는 못하지만 멀리 있어도 마음이 든든하다. 영재학교를 다닌다고 하니 공부도 꽤나 잘 하는 모양이다. 대견스럽고 흡족하다. 아내의 자랑거리가 하나 더 생겼다.

누구랄 것 없이 다들 손주들을 무척이나 귀여워하는 것 같다. 아마도 그 기저엔 종족 보존을 위한 본능적 감성이 깔려 있는 건 아닐는지. 우리 인간은 짝을 찾기 위한 본능적 행위를 사랑이라고 말한다. 나아가 욕정을 해결하기 위한 육체의 갈구와 불륜도 사랑이라 표현하고 그게 강할수록 아름답다고 미화한다. 이 또한 사랑을 가장한 종족 보존의 본능적 관념이 아닐는지. 다만 인간의 보편적 가치관 내지 도덕적 교육의 힘으로 자제하고 있을 따름이지 이 모든 것이 어찌 보면 발정 난 짐승의 것과 다를 바 없는, 오직 본능적 행위들이 아닌가 싶다. 이성적 사고를 가진 인간에게 후천적 관습일 뿐인 결혼을 군이 강요할 필요는 없을지도 모를 일이다. 따라서 인생에 있어서 결혼만이 최상의 선택이고 행복한 삶이라고 볼 수 없을지도 모르겠다. 그러나 결혼 적령기를 넘긴 자식이 둘씩이나 되다 보니 결혼이 늦어지는 자식들에게 신경이 쓰이는 것, 이 또한 어쩔 수 없는 본능이 아닌지 모르겠다.

아무튼, 전에는 둘째가 더 걱정스럽고 마음 쓰였다. 그러나 제짝 만나 자식 키우며 잘 사는 모습 보니 이젠 혼자인 첫째가 더 걱정이 되는 건 왜일까. 그렇게나 좋다고 따라다니던 한 살 연하의 그 청년에게 결혼을 승낙하지 않았던 것이 자꾸만 마음에 걸린다.

뉘 집 할 것 없이 작금의 세태를 보면 결혼을 빨리 해 주는 것도 효도라는 시대적 유행어가 괜히 생긴 것은 아닌 듯하다. 결혼을 늦게 하거나 혼자 사는 것에 익숙해진 싱글족들이 늘어나 부모들의 속을 퍽이나 태우고들 있다. 어쨌든 부모야 저들 건강하고 행복하면 그 이상 무얼 바랄까마는, 다만 형제간 우애만은 꼭 이어 갔으면 하는 게 나뿐만 아니라 이 세상 모든 부모들의 공통된 바람일 것이다. 사실 혈육인 형제지간 우애도 못 지키면서 사회생활인들 잘할 수 있겠는가. 혼자여서 외로운 게 아니라 함께 있어도 외로워지는 그런 사람이 되지 않게 하기 위해서라도 더욱 그렇다. 그런데 우리 사회는 형제간에도 보증은 서지 말라고 가르친다. 그딴 말은 틀려도 한참 틀린 말이다. 그렇다고 노름빚까지 보증 서라는 말이 아닌지는 알 것이다. 단지 보증이라는 이유 하나만으로 한 번쯤 따져 보지도 않고 막무가내로 거절해 버리면 그 아픔이 어떠한지를 너무나 잘 알기 때문이다.

우리는 부모자식 관계나 혈연적 관계를 천륜지간(天倫之間)이라고 표현한다. 즉, 하늘이 맺어준 인연이라고 하여 소중히 하도록 가치를 부여한다. 이 또한 인성 교육에 있어서 꼭 필요한 덕목임을 알아야 할 것이다.

이주한 지 약 3년여 만에 아파트가 완공되어 2007년 8월에 새둥지로 이사했다. 그러나 과중한 대출금 때문에 금방을 접어야만 했다. 사실 주단 장사를 접고 금방을 살리려 계획했지만 주단을 그만둬 봐야 손에 쥘 돈이 없어 도움이 안 된다는 아내의 반대는 근거가 있는 반대였기에 어쩔 도리가 없었다. 그런데 금방을 그만 둔 뒤 얼마 지나지 않아 금값이 오르기 시작하더니 2년여 만에 4배로 올랐다. 폐업 당시 18K 제품 보유량이 1,000돈이 훨씬 넘었던 걸 생각하면 참으로 속이 쓰린 일이 아닐 수 없다. 불과 2~3년 사이에 금값이 무려 400% 이상 급등한 건 유례가 없는 이변이다. 한마디로 '폭등'이었다. 어찌하여 돈은 나를 자꾸만 외면하는지.

금방을 그만두면서 살펴 놓은 직업이 '국제결혼'이었다. 즉, 중매쟁이를 해 보기로 계획을 세웠다. 그러나 가족들의 심한 반대에 부딪혔다. 할 수 없이 사무실 없이, 소위 무에서 유를 창조해보리라 다짐하면서 계획을 포기하지 않았다. 다행히 동생으로부터 울산에서 국제결혼정보 회사를 하고 있는 분을 소개받아 많은 도움을 받았다. 성사만 되면 한 달에 한 건만 해도 금방 수입보다 나을 것 같았다. 그래서 마지막 기회라 생각하고 철저한 계획과 준비를 했다. 남과 같은 방법으로는 경쟁력이 떨어진다고 보고 내 딴에는 나름대로 창의력을 발휘해 '농촌총각 장가보내기 프로젝트'라는 캐치프레이즈를 내걸고 동해안으로 서해안으로 지리산 자락 내륙의 산간벽지로 부지런히 찾아다녔다. 이장, 면장, 심지어 군수비서까지 만나가며 열의를 다했다. 면장이나 군수는 임명직이거나 선출직임을 감안해서 '농촌총각 장가보내기'에 관심을 가질 수밖에 없을 거라는 점을 노리고, 10명 이상 성사 시에는 결혼식 주례 제안은 물론이려니와 20% 할인과 합동결혼식 이벤트까지 마련해서 협찬도 하겠다고 했다. 그랬더니 내가 생각했던 그 이상으로 상당히 호의적이었다. 따라서 한 달에 한 번씩 개최하는 각 마을 이장 회의에도 대개의 경우 참석할 수 있는 기회를 얻어냈다. 덕분에 어릴 적 보건소 직원들이 벌이던 회충 근절 캠페인 간담회처럼 설명회를 할 수 있었다. 서툴지만 진정성 있는 나의 일장연설을 들은 이들로부터 박수도 받아봤다. 친분을 쌓기 위해 회의를 마친 후에는 면장님을 비롯한 각 마을 이장님들과 더러 점심도 같이 하면서 신바람 나게 뛰어다녔다. 그런데 한 가지 놀란 점이 있다. 군수가 그렇게나 대단한 자리인줄은 몰랐다. 7급 공무원을 비서로 부리면서 모든 일정을 비서가 관리하다 보니 군수를 만나려면 문턱이 너무나 높았다. 그러나 두어 군데 목표를 정해 놓고 집중 공략한 끝에 겨우 남해군의 군수비서와 면담할 기회를 얻어냈다. 잘 하면 큰 수확을 얻을 거라는 기대가 컸는데, 결과는 너무나 빗나갔다. 공무원 특유의 의례적이고 딱딱한 태도로, 좋은 생각이기는 하지만 사무실이 관할권 내에 있지 않아 주민이 아니라는 점을 지적했고, 보기 좋게 거절당하고 말았다. 기대했던 희망이 한순간에 무너지는 아픔을 맛보아야만 했다.

아무튼 내 연락처를 새겨 넣은 볼펜과 명함, 광고 인쇄물이 바닥나서 또 다시 주문을 해야 할 만큼 각 마을을 찾아다니며 부지런히 배포했다. 그런데 많은 마을을 찾아다니며 열심을 다한 결과는 너무나 실망스러웠다. 특히 경북 청송군의 어느 마을 이장님이 소개해 준 노총각과 그 어머니를 수차례 만나서 차 사주고 밥 사줘 가며 겨우 설득을 해 놨더니 계약은 자기네 친구와 해버린 적이 있는데 그때는 너무 속상했다. 이유를 들어 보니 사무실이 가까운 곳에서 한다는 것이었다.

그러나 그에 굴하지 않고 한편으로는 각 마을 이장님으로부터 연락오기를 기다리며 또 한편으로는 광고 인쇄물 1,000매를 제작해서 일을 해나갔다. 모자를 눌러 쓰고 산동네를 오르내리며 게시판이나 눈에 들어오는 담벼락과 전봇대에 몇날 며칠을 돌아다니며 부지런히 붙였다. 그런데 오지랖이 넓은 어떤 중년으로부터 그걸 다 뜯어내는 것도 세금으로 하는 거라면서 못 붙이게 방해를 받았다. 구청에 신고해서 벌금 물게 하겠다고 겁박하는 이도 있었다. 사실 우리 사회의 정의가 살아있다고 좋게 봐주는 게 당연한 일이었다. 그런데 오지랖이 너무 넓으면 때론 누군가에게는 상처가 될 수 있다는 삐딱한 생각이 들었다. 세금 운운하지만 부정부패로 새는 것도 아니고 인건비로 나가는 것이라는 생각도 했다. 즉, 붙이는 자가 있으니까 뜯는 자의 일자리가 생기는 것이라고 생각하면 실업자 둘을 구제하는 셈이니 꼭 그렇게 몹쓸 범죄자로만 취급해서 너무 심하게 대할 게 뭐냐는, 아주 이기적이고 주관적인 생각에 사로잡혀 욕설과 함께 일시적 스트레스를 받기도 했었다.

내가 계획한 프로젝트 중 벼룩시장 광고도 당연히 빼놓을 수 없는 수순이었다. 그러나 그 모든 게 내가 기대했던 것과는 결과가 달랐다. 그나마 벼룩시장 광고가 적은 노력을 들이는 데 비해 광고효과는 훨씬 좋았다. 그러니까, 면장, 이장을 찾아다닌 결과는 앞에서도 언급한 바와 같이 단 한 건의 부킹이 있을 뿐이었고 전봇대 전단을 붙인 결과도 단 한 건의 재혼 전화 연락이 왔을 뿐이었다. 그것도 사무실이 없다 보니 다방에서 만나 서로 인사까지 시켜 놨지만 저들끼리 연락은 오갔던 것 같은데 어떻게 되었는지 결과는 모르는 채 흐지부지됐다. 그러나 벼룩시장 광고를 보고 걸려온 전화는 대여섯 차례 있었다. 다만 사무실이 어딘지 묻고는 더 이상 연락이 없었다. 궁금해서 휴대폰에 찍힌 번호로 전화를 해 보면 두말도 못 붙이게 전화를 끊어 버리는가 하면 또 어떤 이는 사기꾼 취급하듯이 성질을 부리곤 했다. 그리고 김해에서 자동차정비 기술자로 일하는 한 노총각은 직장까지 찾아가서 밥 사주고 커피 사줘 가며 약 1년을 공들였지만 결국 성사하지 못했다. 이유인즉 한국 아가씨와 결혼할 거며 교제하는 아가씨가 생겼다는 것이었다. 또 송정 해수욕장 부근의 한 총각도 세 차례 만났으나 끝내 마음을 열지 않았다.

잔뜩 기대를 걸었던 나의 마지막이 된 몸부림은 처참히 실패로 끝나고 말았다. 자신감마저 다 앗아가 버렸다. 한 가지 아쉬움은 가족들 몰래 융자라도 내어서 사무실을 차려 놓고 좀 더 적극적으로 내 소신대로 밀고 나가지 못했던 점이다.

아무튼 나의 인생 후반기의 이런 저런 변곡점에서 실패하거나 또는 자리 잡지 못한 원인은, 아이템의 문제라기보다는 나의 집념과 끈기가 부족했던 게 아닌가 싶다. 내 딴에는 최선을 다한다고 했지만 말이다. 그간 살아온 발자취를 더듬어 보면 평생을 벗어나지 못한 사채 이자와 각종 대출 이자는 물론 (그동안의 이자만 모아도 집 한 채는 될 것이다) 강도와 사기 등, 나에겐 타고난 재물복도 지지리 없었다는 생각이 든다. 또한 경제관념이 한참 뒤떨어진 짓들만 하고 살아온 게 아닌가 싶다.

빨간 벽돌집의
환상

누군가 말했다. 여자는 애정만 있으면 행복할 수 있다고. 행복의 조건에서 남자는 욕망이 70%를 차지하지만 여자는 애정이 70%를 차지한다고. 그래서 거치적거리는 이 없이 단 둘이서 앞이 훤히 내려다보이는 언덕 위의 초원에 빨간 벽돌집 하나 지어 놓고 친구 같이 오누이같이 때론 부부같이 서로 사랑하면서 오순도순 살아가는 게 가장 행복이라고. (주워들은 말이지만 연애시절 내가 아내에게 했던 말이다.)

나이 들고 보니 화려하지만 가식적으로 살 것인가, 소박하지만 흙 밟으며 자연에서 마음 편하게 진실되게 살 것인가, 라고 물으면 후자를 택할 것 같다.

인간세상의 숲에서 바둥대며 버겁게 살지 말고 자연의 숲에서 유유자적 사랑도 미움도 다 내려놓고 자유롭고 평화롭게 정직한 자연과 더불어 곁을 내놓고 행복이 뭔지도 느끼며 개밥도 주고 닭 모이도 주고 먼 곳에서 친구나 형제들 찾아오면 닭 잡아 대접하고 원한다면 텃밭도 나누어 가꾸고 남는 닭은 팔아서 갈음옷 사 입고 까짓 세상 뭐 별거라고 어렵고 힘들게 살아온 인생 노후라도 눈치 안 보고 마음 편하게 살 수 있는 삶을 살고 싶다. 무엇보다도 생활비가 반에 반으로 적게 든다는 점에 끌린다. 최고의 재테크는 지출을 줄이는 것밖에 없는 내 인생이 아니던가.

사실 빨간 벽돌집 대신 황토집이라도 하나 지어서 여생을 고향에서 보내겠다며 적극적으로 귀촌을 마음먹은 시점은 국제결혼 중매쟁이를 실패한 이후였다. 남천동에서 '황제보석'이 잘나갈 당시, 노후엔 고향에 별장을 하나 지어 전원생활을 즐기면서 한 번씩 형제자매들 함께 모여 옛말 하며 우의도 다지고 함께 고스톱도 치고 바둑도 두면서 노후를 보낼 거라는 생각을 하기도 했다. 모든 게 다 한갓 꿈이 되고 말았지만.

『목천에게 배우는 흙집 짓는 법』을 사서 몇 번이나 읽고 나름대로 설계까지 끝내 놓은 상태에서 기회 있을 때마다 마누라 눈치만 살펴오던 참이었다. 사실 목천 흙집은 누구나 지을 수 있을 만큼 짓기가 쉽고 황토만 있으면 건축비가 별로 들어가지 않는다는 점도 매력적이다. 사람의 손은 많이 필요하겠지만 땅이 녹는 4월부터 시작해서 10월까지 쉬엄쉬엄 해도 넉넉잡아 5~6개월이면 손수 지을 수 있는 집이다. 물론 몸이 적응하려면 두세 번의 몸살은 각오해야겠지만.

총 건축비용은 그 당시 물가로 계산해 보니 꼭 필요한 인건비를 포함해서 2천만 원 내외면 충분할 것 같았다. 누가 말했던가, 숲에 살면서 15평 이상의 집은 낭비라고. 맞는 말이다. 내가 설계한 황토집 역시 있을 것 다 갖추어도 2층 방을 뺀 지상건평은 15평을 크게 넘지 않는다. 또 화장실 및 샤워실을 제외하고는 시멘트는 한 줌도 들어가지 않아 자연친화적이고 건강에도 좋을뿐더러 집을 부술 때도 거의 대부분을 자연으로 고스란히 되돌려주면 되는 집이다. 무엇보다 황토벽 두께가 40㎝인 데다 지붕에도 황토 흙을 두껍게 덮기 때문에 여름에는 시원하고 겨울에는 따뜻한 실내가 될 것이다. 특히 구들장 아래에 빈병을 깔고 황토를 덮은 뒤 숯과 소금을 뿌리고 그 위에 또 다시 황토흙을 덮어 다진 뒤 구들을 놓으면 한 번의 군불로 3~4일은 끄떡없단다. 건강에도 아주 좋은 진짜배기 황토 찜질방이 탄생되는 것이다.

내가 그려놓은 황토집 설계도의 기본 골격은 안방과 찜질방 사이에 거실을 넣는, T자 형태이다. 그래서 양쪽에 삼각형의 공간이 생기는데 한쪽에는 군불 때는 간이 부엌을 만들고 한쪽에는 화장실과 샤워실을 만들 참이었다. 그러니까 앞쪽은 넓고 뒤쪽은 좁은 삼각형에 가까운 사다리꼴 형태의 남향집이다. 그리고 거실의 넓이는 3.8m 길이는 6.5m, 방은 원형으로 지어 그 지름을 3.8m로 하려고 했다. 넓이나 지름을 3.8m로 하는 건 서까래 목재의 길이를 감안했기 때문이다. 규격품대로라면 4m까지는 가능하지만 황토 흙집은 습기에 약해서 가능한 한 처마 길이가 길어야 한다. 특히 2층 방을 감안하면 약간의 여유가 있는 것이 좋다. 그리고 무엇보다 원형으로 지음으로써 황토방이 주는 갖가지 효능을 극대화

한다는 점은 과학이자 또한 덤이다. 지붕은 피죽이나 너와를 얹을지 아니면 잔디를 심을지는 결정을 못 내린 미정의 상태였다. 잔디는 장점도 있지만 물주기와 잡초 뽑기 등 관리하기가 힘들다는 단점도 있기 때문이다.

아무튼, 거실 끄트머리에 주방 겸 식당, 그리고 냉장고 앉을 자리 부근의 바닥엔 보일러를 깔지 않고 실내의 땅속에 김칫독을 파묻도록 만들어서 언제나 신선한 김치를 맛볼 수 있도록 설계하였다. 그리고 거실과 안방 사이의 삼각 지대엔 수세식 화장실과 샤워실 겸 목욕실을 만들어서 지붕에는 약 2평방미터 넓이의 강화유리를 덮어 변기에 앉아서 별도 보고 달도 보고 흘러가는 구름도 보며 빗방울 떨어지면 콧노래도 부르고, 거실과 찜질방의 삼각 지대의 군불 때는 간이부엌 지붕에도 조그맣게 강화유리 덮어서 군불 땔 때 하늘 쳐다보며 지루함 달래고, 안방 위엔 2층 방을 만들어서 먼 산 바라볼 수 있도록 튼튼하게 마루도 만들어서 큰 딸이나 또는 손주 식구들 오면 저들 몫으로 내어주어 쉬게 하고, 안방과 찜질방의 앞쪽 공간엔 대청마루를 깔아서 역시나 지붕에는 2평방미터 가량 넓이의 강화유리를 덮어서 접이식 가림막을 만들어 겨울엔 햇볕도 쬐고 여름엔 낮에는 가렸다가 밤에는 열어서 밤하늘 바라보며 행복했던 시절 더듬으며 추억 속으로 빠져도 보고, 황토는 비가 오면 아주 미끄러운 점을 감안해서 마당엔 자잘한 자갈을 깔아 한편엔 장독대도 깔끔하게 만들고 한편엔 여름에 시원하게 등목도 즐길 수 있도록 수도간도 만들고, (참고로 바로 이웃에 수도와 전가가 들어와 있다.) 그리고 울타리는 뒤편에만 탱자나무를 심어서 예쁘게 가꾸어 탱자향에 몸을 씻어 피로를 풀고, 대밭이 있는 동쪽의 벼랑은 토굴 파기가 안성맞춤인 곳이라 김장김치나 젓갈 등 염장류를 보관할 수 있도록 토굴 저장고도 하나 만들 생각이었다. 구상한 설계를 일일이 다 기록할 수는 없을 것 같아 이쯤에서 줄여야겠다.

황토집의 당호(堂號)를 '아심궁(我心宮)'이라고 할 생각이었다. 즉, '내 마음의 궁전'이란 생각으로 지은 이름이다. 그리고 손수 붓글씨로 써서 달 참이었다. 그리고 집 앞에 잘생긴 오래된 소나무 밑에는 만만한 정자 하나 지어서 현판(懸板)은 '조삼정(鳥三亭)'이라고, 역시 붓글씨로 써 붙일 참이었다. 참고로 정자 이름을 조삼정(鳥三亭)이라 이름 지은 건 골짜기의 지명인 새삼골의 한문 표기가 조삼곡(鳥三谷), 즉 새가 세 마리 앉은 형국의 골짜기란 뜻일 뿐이고, 다만 골(谷) 자 대신 정자(亭) 자를 사용한 것일 뿐 큰 뜻은 없다. 그리고 앞에서도 언급한 바 있지만 새삼골은 내가 태어난 안태고향이다. 또한 머리글에서 전보를 받은 장면의 장소이기도 하다. 골이 깊지 않고 대개가 밭이나 논이다. 그리고 내가 집 지을 자리는 골짜기에서 보면 나지막한 동산으로 보이지만 상천 마을 쪽은 경사가 완만해서 밭농사를 지어먹던 질 좋은 황토 땅이다.

아무튼, 진짜배기 황토 찜질방에 장작 군불 때서 동생들을 무척이나 아끼는 인정 많은 누님과 자형 모셔다 하루의 피로도 풀고, 가끔씩 동네 어른들 모셔다 인심도 쓰고, 눈이 내리면 형제들 모여서 찜질욕도 즐기고, 봄이 오면 30여 년 된 다섯 그루의 고로쇠

나무의 수액 충분히 받아서 형제간 우애도 다지며 건강 찜질욕도 즐기고, 가끔 친구들도 초대하고 싶다. 이런 게 사람 사는 맛이 아닐는지. 하늘엔 달이 있고 별이 있고 구름이 있고 새들이 지저귀는 산과 들에는 나무와 풀과 꽃들이 피고 지고 봄, 여름, 가을, 겨울 4계절이 저마다 다른 모습으로 뜰 앞까지 찾아오는 황토집 주인인 우리들이 있다. 참으로 많은 것들이 있거늘 외롭기는커녕 이만하면 부자인 것을…. 닭 우는 소리, 개 짖는 소리…. 이 얼마나 평화롭고 정겨운가. 늘그막이나마 내가 추구한 삶을 실천할 수 있다는 것도 크나큰 행복이 될 것이다. 그래서 실행하지 않으면 의미는 없겠지만 내가 버킷리스트를 하나 작성한다면 황토집 짓기가 리스트 1번에 오를 것이다.

그러나 짖어 대기만 했을 뿐 결국은 뜻을 이룰 수 없게 되었다. 그동안 줄곧 반대만 해 오던 아내의 생각은 바뀐 듯한데 문제가 생겼다. 닭 쫓던 개 지붕 쳐다보는 격으로 부모님에게 물려받은 황토집 지을 땅이 울산-함양 간 고속도로공사에 편입되어 버린 것이다. 원래의 설계대로라면 우리 땅은 무관했었다. 그런데 집단 이기주의의 시위에 밀려 갑자기 설계가 변경되는 바람에 부모님 산소마저도 유골을 화장을 해서 삼락공원으로 모셔 놨다.

따라서 빨간 벽돌집의 꿈은 환상일 뿐이었다.

자식들에게 유언(遺言)을 하고자 한다.

내가 만약에 자력으로 먹거나 마시지 못하든가 또는 사람을 못 알아볼 만큼 정신이 나가거든, 음식은 물론 영양제나 수액 등 그 어떤 연명치료도 하지 말고 의사 선생님과 의논해서 가급적이면 적극적 안락사를 선택해 고통 없이 편안하게 보내 주기 바란다.

　죽고 나면 쓸모없어질 내 조그마한 육신이나마 좋은 일에 쓰인다고 해서 결심한 일이니 시신 기증도 꼭 이행해 주길 바란다. 화장을 해서 바다에 뿌려주기 바란다. 어느 곳이든 앞이 확 트이고 시원스럽게 물보라 일으키는 바위가 많은 적당한 곳에 뿌려주면 좋겠다. 못난 아버지 가끔이라도 생각날 때 찾아가면 시원스럽게 부딪치는 파도소리가 모든 시름 삼켜 줄 테니까.

　제사도 절대로 지내지 말기 바란다. 밤에 잠깐 만나서 형식적인 의례를 치르고 각자 바쁘게 헤어지는 제사보다는 차라리 기일이라 생각하고 살았을 적 챙겨 오던 생신날이나 어버이날, 또는 결혼기념일 등 적당한 계절이나 날짜를 정해서 가끔씩 가족여행이나 의미 있는 이벤트를 하거라. 만나서 덕담도 나누고 우애도 다져가며 만남 그 자체를 즐기는 날로 삼았으면 좋겠다. 너희들 어머니도 나와 뜻이 같은 걸로 안다만, 혹시나 마음이 바뀌더라도 그에 개의치 말고 나만이라도 꼭 이행해 주기를 당부한다.

　이상, 오래 전부터 깊이 생각해온 유언이자 당부이니, 나를 아버지로 존중한다면 꼭 내 뜻을 따라주기를 바란다.

　내가 자식들에게 해 줄 수 있는 말이 고작 이뿐이라니, 왠지 미안하고 마음이 아프다. 나도 상속입네 하고 큰아이와 둘째에겐 상속세 면제 한도액에 해당되는 액수만큼의 유산이라도 각각 물려주고, 막내에겐 누나들의 친정이 되어야 하니까, 즉 집안 대소사의 주최가 되어야 하니까 집 한 채 정도는 더 물려주고 싶다. 만약 상속세 면제 한도액 초과분의 재산이 더 있으면 어려운 형제도 좀 살피고, 그러고도 남으면 가정 형편이 어려워 진학 못한 아이들을 위해 장학기금으로 사회에 환원하라고 유언을 할 수 있다면 참 기쁠 텐데.

유산을 남겨주지는 못할망정 현재도 그러하지만 앞으로도 자식들에게 기대야만 할 내 노후를 생각하면 자다가도 마음 한구석이 우울해진다.

하지만 어려운 시기를 살면서 겨우 자식들 키우고 공부시키는 것도 힘겨워 노후 준비도 못한, 그래서 자식들이 신경 쓰게 해야 하는 지지리 못난 아비인 걸 어쩌랴.

그리고 여보!

어쩌다가 나 같은 놈 만나서 고생 참 많이도 했구려. 좀 더 넉넉한 마음으로 포용하지 않고, 막 대하며 고맙다는 따스한 말 한마디 안 하고 까칠하게만 했던, 그래서 서로가 사랑한다는 말 한마디 주고받지 못하고 살아온 지난 세월이 후회스러울 때가 있지만, 그리고 다 내 탓인 줄도 알지만, 무엇이 그렇게 어려운 건지 그게 잘 안 된다오. 반찬 하나라도 얼마나 신경 써 주는 아내인데, 내가 참 못난 남편이지요? 이참에 사랑한다는 말 전하고 싶소. 여보! 사랑해요. 그리고 고마워요.

그리고 당신께 고백할 게 있다오. 지난날 내가 허풍떨었던 건 다 거짓말이고 사실은 당신이 내 동정을 바친 첫 경험의 여자였다오. 그리고 나는 첫사랑이 헷갈렸는데, '취직, 급래부' 그 전보를 받았을 당시, 흘러가는 구름 속에서 당신을 만났을 때 그 느낌이 아마 사랑이 아니었나 싶네요. 따라서 나의 첫사랑은 당신이 아닌가 싶소. 참 생뚱맞지요? 알다시피 나란 사람이 원래 좀 그렇지 않소.

어느덧 할 이야기도 끝낼 시점이 된 것 같다. 세월이 쏜살같이 빠르다고 생각하는 이도 있고 흐르는 물과 같다고 표현하는 이도 있다. 진즉 시간은 맴돌고 있을 뿐이고 생사는 끝없이 반복될 뿐인 것을.

세상은 사는 것이 아니라 버틴다고 해야 옳을 듯싶다. 한 인간이 태어나서 온갖 풍상 겪으며 버텨온 세월이 어언 70여 년, 그리고 혼자 왔다가 둘이 되어 살아온 우리 부부가 함께한 삶도 47년이다. 세월의 바퀴가 고비고비 용케 굴러 왔다 싶다. 요즘 흔히 쓰는 유행어로 표현하자면 흙수저로 태어난 우리 부부가 가진 것이라곤 오직 젊은 몸뚱이 둘, 그 두 젊음을 태운 재가 한 줌도 안 되니, 되찾을 수 없는 젊음, 즉 늙음이라는 서럽고 억울하고 혹독한 벌은 어디에 외쳐야 할지, 참으로 인생은 무상한 것인가 싶다.

그동안 내가 해 본 직업 종류만도 열 손가락으로는 모자란다. 그러나 저지른 것에 대한 후회보다 저지르지 못한 것들에 대한 아쉬움이 더 크다. 밑천이 들어가야 했기에 또는 반대에 부딪혔기에 못한 것들이기 때문이다. 해 보고 싶은 일이 있다면 젊을 때 도전해 보라고 권하고 싶다. 나이는 숫자에 불과하다는 말은 한갓 희망사항일 뿐, 공연한 헛된 말이다. 나이 들면 용기와 자신감마저 떨어져 눈에 들어오는 일이 있어도 자꾸만 망설여지고 세상을 관망하는 태도로 변해가는 것이 허무할 따름이다. 돈이란 버는 것도 중요하지만 관리를 잘 하는 것도 못지않게 중요하다는 것을 뼈저리게 느낀다.

나 자신도 의식하지 못한 채 어느 날 갑자기 경제활동에서 물러나 조기 은퇴자가 되어 있었다. 늙지도 젊지도 않은 어중간한 나이에 백수가 되어 빈둥거린다는 것도 천지에 못할 짓, 오죽하면 미안함 때문에 낮잠 한숨도 마음 편하게 못 자는 것이 60대 백수들의 비애가 아닐까 싶다. 그런데 세상은 환갑을 넘으면 노년층이라 구분 짓는다. 멀쩡한 사람이 노인으로 취급받는 것이다. 그리고 금세 진짜 노인이 되어 버린다.

아무튼 이제는 아내와 자식들의 권고에 힘입어 편한 마음으로 복지관에 나가서 바둑은 물론이려니와 컴퓨터, 단전호흡, 난타, 웰빙댄스 등 문화생활로 하루하루 소일하고 있다. 그리고 틈틈이 자서전을 손질하는 데 여념이 없다. 그런데 내가 가장 좋아하는 바둑은 담배를 끊기 위해서 마음껏 두지 못하고 있다. 건강을 위해서가 아니라 담뱃값이 너무 비싸서 그렇다.

요즘 노년층이 하는 말 가운데 60대는 한 해가 다르고 70대는 한 달이 다르고 80대는 하루가 다르다는 우스갯소리가 있다. 이는 전혀 근거 없는 말이 아닌 듯하다. 내 나이 칠순을 넘으면서 어느덧 손주가 부르는 호칭상의 할아버지가 아니라 생물학적으로도 진짜 할아버지가 되어버린 것 같다. 밤중에 잦은 소변으로 인해 밤잠을 설치는가 하면 멀쩡하던 귀도 한쪽은 멀어져 가고 있단다. 그리고 지하철 경로석이 내키지 않아 외면하던 때가 엊그제 같은데 이젠 불편하지가 않고 되레 일반석에 앉기가 더 눈치 보인다. 속옷을 갈아입는다든가 손발톱을 다듬으면서도 혹여 돌연사나 또는 뇌졸중으로 정신 잃었을 때를 대비한다는 마음이 생긴다. 그리고 눈물이 잘 난다. 얼굴 찌푸리지 않아도 눈꼬리 타고 베개를 적신다. 나는 눈물샘이 말라 버린 줄 알았었는데, 정녕 예전에는 그러하지 않았는데….

맺는 글

내가 살아온 삶을 가감 없이 서술하다 보니 입지전적 성공담이나 귀감이 될 만한 메시지는 없다. 또 겪은 것을 찾고 느낀 것을 의도하다 보니 기억이 또렷한 이야기의 위주로 전개되어 다소 편협하고 지루하며 다양하지 못한 내용이다. 그러나 쓰기를 잘했다고 생각한다. 나이 들어서 무엇으로 이만한 성취감을 경험할 수 있으랴 싶다. 그래서 나이 들어서 무료하거나 새벽잠이 가시거든 자서전을 써 보라고 권하고 싶다. 경험한 바 글 쓰는 전문가가 아니라면 자서전 한 권 완성하려면 적어도 수년은 걸릴 테니까. 그래서 할 일 없고 새벽잠 없는 것이 도리어 기회가 될 수도 있다는 말을 하고 싶다. 그리고 글이란 읽는 것 못지않게 쓰는 것에서도 참 많은 것을 얻는다는 점을 깨달을 것이다. 사실 자서전을 써 보겠다고 마음먹은 건 그리 오래 전의 일이 아니다. 다만, 글이라고 하기엔 미흡하지만 때때로 낙서를 곧잘 긁적거려 왔다. 그런데 그 낙서

들이 자서전을 쓰는 데 많은 보탬이 되었다. 그래서 낙서를 모아 장을 하나 만들 수 있게 된 것이다.

　나에겐 너무나 어렵기만 한, 구성이니 문법이니 형식에 매달리기보다는 생략은 할지언정 오직, 겪고 느낀 대로의 사실만을 진실되게 쓰려고 힘썼다. 그리고 독창성을 잃게 될까 봐 초고를 끝낼 때까지 남의 자서전은 물론이려니와 소설책도 애써 외면했다. 한 가지 아쉬운 것은 세상 살면서 말하지 못하고 가슴에 담아둔 비밀을 마음 가볍게 다 털어내고 싶었고, 가슴 답답했던 진실들을 속시원하게 쏟아내고 싶었는데 썼다가 지워버리기를 반복하다가 결국은 많은 것을 가슴에 담고야 말았다. 비밀이 없는 사람과는 친구로 사귀지 말라는 말도 있듯이 비밀이란 말하고 나면 순간은 후련할지 몰라도 영원히 불편할 수밖에 없는 것이고 또 인간에게 말하는 혀가 없으면 더 행복할거라고 생각하는 나 자신에게도 모순인 것 같아서 더욱 그렇다. 아마 그래서 사람들은 소설을 쓰는가 싶다.

낙서장

독백

춘색은 호기심에 얼른 여름으로 치닫더니

왕성했던 여름도 가을이 재촉하니 어느새 가을인가 봅니다

아직은 뒷동산에 코스모스 옹기종기 피어 있건만 가녀려서 슬픈가 쓸쓸해 보이네요

연습처럼 지나간 3/4분기 자국들이야 아쉬워한들 무엇 하리오만 남은 1/4분기가 난간에 선 듯 너무나도 막막하고 슬퍼진다오

분갈이(혼사)도 해줘야 하고 겨울(노후) 준비도 해야 되는데

이삭도 없는 남은 여정이 너무도 버겁군요

동백꽃은 겨울에도 핀다지요

엄동설한에 어쩌랴 싶으오만

그러나 다 길은 있는가 봅니다그려

— 2009년 11월 어느 날 오후 뒷동산에서

어머님 전 상서

저만치서 당신이 품고 있어도
그때는 몰랐어요
마지막 당신이 안기려 했는데도
그때는 몰랐어요

떠나버린 당신은
어릴 적 꿈 속 이별처럼 흥건한 아쉬움
정녕
이토록 무서운 후회인 줄을
천지도 몰랐어요

당신을 태워 버렸을 마지막 그 말씀을
이 밤도 가슴으로 삼켜야 합니다
내 통곡보다 더 큰 당신의 품이여! 큰 사랑이시여!

파도가 밀려온다

기세 좋게 막 달려온다
시원하게 부딪치며 호통도 친다

竹

속은 텅 비어서 채우지도 못한 것이
마디마디 상처는 어찌 그리 많은지
대패로 밀어주랴 다림질로 펴주랴
그러기엔 여흔이 너무 깊구나

나무이고 싶어라

　겨울이 되면 죽은 듯이 있다가 봄이 되면 새잎 틔워 그 여름에
왕성하게 제 몸 불려 놓고 가을이면 씨앗 남기고 미련 없이 떨구
어 버리는 지혜, 평생을 한자리에 뿌리 박고 있어도 숲이 되어 삼
림이 되어 천년의 고목에도 꽃을 피우는 나무이고 싶어라

　벗아!
　여객기 타고 호강할 제 자네의 어색한 겸손 보며
　내 속내 들킬까 봐 말수조차 다물었지
　시기심도 아닌 것이 자괴감도 아닌 것이
　어찌하여 이 마음이 적시도록 외로울까
　메아리야 있으련만 하늘 향해 머엉 멍

— 일구구구년 시월, 국추방담

눈물은 아름다움을 시샘하는가 보다

천진스러운 아기 보듬고 힘에 겹도록 애쓰는 엄마의 모습이 아름답고

늙은 부모 봉양하는 착한 자식의 효심이 아름답고

잎새 사이로 예쁘게 피어나는 꽃잎이 아름답고

버겁게 누렁둥이 매달은 빛바랜 호박잎 주름도 아름답다

그리고 치타 어미가 죽은 새끼 포기 않는 모성이 뭉클하게 아름답다

그런데 아름다운 모습을 보면 눈물이 나려 한다

아마 눈물은 아름다움을 시샘하는가 보다

비가 내리네

가을걷이 막바지에 비가 내리네

동동 걸음 시골 누님 쉬며 하라고

추적추적 가을비가 그냥 내리네

흰털 고양이 살그니 구름(담배) 피운다

구름 쌓이면 서러이 눈물 된다고

귀가 따가워도

베란다 난간에서 몰래 피운다

길 건너 아파트 계단식 지붕에

집비둘기들이 옹기종기 모여 앉아 몸단장을 한다

그중에 바람둥이 수컷 한 마리가

암컷의 꽁무니를 졸졸 따라다니며 귀찮게 한다

아마 701호 새댁의 침실을 훔쳐봤던가 보다

사랑이 우정보다 더 귀한가?

우정은 이성에 가깝지만 사랑은 본능에 가깝다

우정은 오래 될수록 두터워지지만 사랑은 더 엷어진다

우정은 나눌수록 좋지만 사랑은 그럴 수 없다

그러나 사람들은 사랑을 한

이 인류의 여성들이여!

여성으로 태어남을 슬퍼하지 말지어다. 한탄하지 말지어다

그대들의 봉사와 희생이 없었더라면, 그 위대함이 없었더라면

한 번쯤 생각해 보셨더이까?

이 세상 남성들이란 모두가 속물들이니

그 중에도 으뜸이 권력을 쫓는 자들이니

얼마나 속상했더이까?

이 인류의 절반의 속물들을 길러주고 보듬어주고 감싸안으니

그래도 인류가 그 역사와 자취가 유유하게 희노애락과 행복을

만들어 주었소이다

여성들이여 그대들의 봉사와 희생이 헛되더이까?

그대들이 없는 인류가 있었겠더이까?

그대들은 영예롭게 왔다가 영예롭게 가시는

영예로운 영웅들이어라

여성이 좋아하는 남성의 모습은
남성이 여성다울 때 좋아하고
여성이 사랑하는 남성의 모습은
남성이 남성다울 때 사랑한다

남성이 좋아하는 여성의 모습은
여성이 남성다울 때 좋아하고
남성이 사랑하는 여성의 모습은
여성이 여성스러울 때 사랑한다

좋아서 만나도 한평생
사랑해서 만나도 한평생
무릇 이것이 정인가 싶다

어떤 이가 때론 거짓말이 4촌보다 낫다고 나에게 충고를 한다
그렇다면 형제보다는 못하다는 말이 된다
고로 거짓말은 안하는 게 더 낫다. 얻는 것보다 잃는 것이 더 중
요한 것들이고, 무엇보다 마음이 불편하다. 그리고 진실이란 구름
에 가려진 별과 같아서 언젠가는 드러나고 또 항상 그 자리에 있
으니까

편지 한 장

아들아!

녹음 짙어가는 유월, 어김없이 찾아오는 장마가 아직은 시작이지만 꽤나 성가시겠지? 아무쪼록 높은 불쾌지수로 너의 병영 생활도 많은 불편과 또 다른 적응에 많이 시달릴 거야. 그럴수록 건강에 더욱 조심하길 바란다.

그리고 너의 '이기자' 부대의 유격훈련을 TV를 통해 감격에 젖어 지켜봤단다. 힘든 훈련에도 불구하고 꿋꿋하게 이겨내는 그 늠름한 기상들은 안쓰럽기도 했지만 한편 자랑스럽기도 했단다. 그 부대에 소속됨에 자긍심을 가지려무나. 이 아버지도 친구에게 자랑했거든.

그토록 힘든 속에서도 한마디 불평은커녕 오히려 걱정 끼칠까봐 위로하려 하는 너의 마음 씀을 보니 어리게만 생각했던 내 아들이 정말 믿음직스럽구나. 그러나 이 아버지의 과욕인지 모르겠다만 요즘 세상이 워낙 어렵고 또 영원한 경쟁 사회인지라 부디 틈나는 대로 더 많은 지식을 쌓고 항상 공부하는 자세를 몸에 배었으면 한다. 아직은 그럴 여유가 있겠냐마는 그런 정신을 놓지 말고 늘 준비된 마음자세이길 바란다. 너의 미래는 이 아버지를 반면교사로 삼고 너만은 부디 훌륭한 엘리트가 되어 이 사회에 꼭 필요한 인재가 되었으면 한다. 그러려면 남보다 더 많은 노력이 뒤따라야 하지 않겠니?

내 사설이 좀 길었지? 참, 소설책 두 권을 소포로 보냈으니 다 읽고 나면 집으로 도로 보내 주려무나. 우표도 몇 장 보내니 적절히 사용하고. 전화 카드도 보낸다마는 집이나 가게로 전화할 땐 수신자 부담 전화를 이용하려무나. (공중전화는 107번 일반회선일 경우는 101번) 그럼 항상 건강 조심하고 근면한 생활을 몸과 마음에 익혀 두기 바란다.

겸손은 하되 기죽지는 말고 당당하게 행동하는 걸 잊지 말거라. 이만 줄이겠다.

1998년 6월 26일

일기 한 장

2002년 7월 3일 대체로 흐림

오늘은 내 인생에 있어서 큰 결단을 내린 매우 의미 있는 날이다. 우리 아파트 재건축사업 추진위원회 위원장이라는 무거운 짐을 맡고 보니 과연 훌륭하게 그 책임과 임무를 과오 없이 해낼 수 있을까 걱정이 되고 또 너무 무거운 짐을 짊어진 느낌이다. 이 방면엔 경험도 없이 덤벼들어서 잘 해낼 수 있을는지 모르겠다. 다만 그동안 재건축에 대해 관심을 쏟고 애를 썼기에 누구 못지않게 충분한 자격이 있다고 자위해 보지만 어쩐지 책임감이 내 마음을 무겁게 한다. 맡은 이상 '진인사 대천명', 주어진 책임을 최선을 다해 보자고 이 일기를 통해 다짐, 또 다짐을 하는 바이다. 이 일기장은 일기장이라기보다는 재건축 일지 및 나 자신과 맹세하고 각오하는 나의 길잡이이자 양심서가 될 것이다. 먼 훗날 자식들이 보더라도 조금도 부끄러움이 없는 자랑스러운 아버지가 되도록 감히 맹세하는 바이다.

아래의 글은 누구나 한 번쯤 읽었을 글이겠지만 귀에도 담을 수 있고 마음에도 담을 수 있을 만할 것 같아 낙서장에 몇 줄 올렸다.

― 그리움과 외로움은 겪을 때만 절실함을 안다.

— 이성은 수학이다. 나아가 과학이다.

— 휴식이 가치를 창출한다.

— 과거를 돌이킬 수야 없지만 미래를 만들 수는 있다.

— 추억이 많은 사람이 부자.

— 방치가 지나친 간섭보다 낫다.

— 산책은 움직이는 휴식.

— 성격은 부모도 닮지 않고 다만 습관을 닮을 뿐이다. 그래서 나쁜 습관은 자신뿐만 아니라 자식에게도 미치는 것이다.

— 천성은 잠시 극복할 수는 있어도 사라지지는 않는다. 잠시 극복의 스트레스가 언젠가는 심술까지 더해서 돌아온다.